COLLECTION POÉSIE

FEDERICO GARCIA LORCA

Poésies III

TRADUIT DE L'ESPAGNOL
PAR A. BELAMICH, P. DARMANGEAT,
C. COUFFON et B. SESÉ
PRÉFACE DE
ANDRÉ BELAMICH

nrf

GALLIMARD

Cet ouvrage comprend :

PRÉFACE

Quand le snobisme ne le déclare pas aujourd'hui démodé, « dépassé » — et certains ne craignent pas de dénoncer chez lui un exotisme de pacotille, une hispanité à bon marché, bref, l'article d'exportation — on a trop tendance à enfermer Lorca dans un beau sarcophage doré. Grand poète, certes, merveilleux chanteur, créateur d'images fascinantes, mais confiné à son Andalousie natale ou, au plus large, à son Espagne. On lui concède toutes sortes de dons, de la légèreté, une grâce angélique, le pouvoir d'émotion et de magie, mais c'est pour déclarer que tant de bonheurs et tant de fêtes rassemblés dans les Chansons, *le* Cante Jondo *et le* Romancero gitan *l'éloignent des bouleversements de notre ère atomique. C'est un classique que l'on range sur le même rayon que Cervantès, le témoin privilégié d'une époque bien révolue. Il n'a pas de lignée littéraire. Personne ne se réclame de lui de nos jours.*

Toute œuvre parvenue à une popularité universelle est sujette à ce genre de simplification. Mais encore faut-il qu'on en ait une vue complète. A-t-on le droit de juger Goya quand on ne connaît pas ses peintures noires, ou Nerval quand on ignore ses Chimères ? *C'est à peu près ce qui se passe quand on arrête l'évolution de Lorca au* Romancero gitan *et qu'on ampute sa production, comme on le fait très généralement, de* Poète à New York. *Or c'est dans cette œuvre vertigineuse, insondable — une des grandes dates de la poésie — que Lorca, par-delà les guerres et les hécatombes dont son exécution a donné le signal, nous rejoint dans notre vie quotidienne et les angoisses de notre temps.*

*Convenons qu'on n'y accède qu'après avoir surmonté toute une série d'*épreuves. *Il faut d'abord renoncer à retrouver ici le charme si vanté du Lorca de la première manière, sa luminosité et ses beaux profils de primitif savant, sa mélodie subtile et profonde. A ce poète protéiforme s'il en fut il faut accorder le droit de changer et, changé, le crédit d'une authenticité qui marque* tout ce qu'il écrit. *Le croire sur parole. Si les grandes fresques chaotiques et ténébreuses rapportées de New York, si les imprécations furieuses ou sibyllines de cet* étranger *déconcertent de prime abord, — un esprit aussi pénétrant que José Bergamin n'y a vu qu'* « *une étrange parenthèse d'ombre* » *— avant de tout rejeter comme une erreur ou un gage tardivement donné au surréalisme, on doit chercher derrière cette apparente incohérence une vérité difficile, parfois même ésotérique, mais toujours présente. Pour qui les a longuement fréquentés au point de les revivre, l'avertissement que Lorca donnait à propos de ses poèmes en prose s'applique également à tous les textes de ce recueil :* « *Attention, ce n'est pas du surréalisme, la conscience la plus claire les illumine.* » *Et, de fait, ils contiennent un message d'une étrange densité de signification. Finalement, il faut consentir à pénétrer dans un monde hanté, suffocant, envahi de cauchemar... C'est au bout de ces peines que l'on découvre le plus grand Lorca.*

Tout se déclenche sous l'effet d'un choc. Sa destinée étonnamment accordée aux grands événements de l'histoire l'envoie, au plus bas d'un désespoir sentimental, dans un New York assombri par la Grande Crise, vers la fin de 1929. Une sorte de phénomène éruptif en fait jaillir un homme nouveau, aussi dissemblable que possible de l'ancien : un citoyen du monde moderne, un poète engagé, un martyr de l'angoisse existentielle, un visionnaire de l'au-delà.

Très vite, ce fils de Grenade (la patrie du délicat et du précieux) se reconnaît dans l'immensité qui l'environne. Il y trouve un monde à sa mesure. La faculté d'illimitation du génie l'identifie à la vaste cité; il se voit lui-même capitale de la douleur, centre de toutes les avenues du vertige de vivre; les foules autour de lui sont l'image multipliée à l'infini de son propre désarroi. « O mon grand fleuve! », c'est ainsi qu'il salue l'Hudson, tout aussi naturellement que Walt Whitman. La vibration de la Ville et du continent anime ses grands poèmes polyrythmiques : « Une danse de murs agite les prairies || et l'Amérique étouffe de machines et de pleurs. » (Ode à Walt Whitman.) Il est si peu dépaysé qu'au lieu de se laisser étourdir comme n'importe quel autre touriste par les mille reflets du Nouveau Monde, il dresse, au bout de quelques semaines, son image spectrale. L'homme social s'est réveillé en lui. Son instinct du réel et sa générosité lui font établir le diagnostic impitoyable d'une civilisation malade, sans racines, dominée par des abstractions : l'argent et la machine : « Parfois les pièces de monnaie en essaims furieux || percent et dévorent des enfants abandonnés. || (...) La lumière est ensevelie sous les chaînes et les bruits (...) » (L'Aurore.) Il entend, lui, la voix étouffée de ceux qu'on opprime partout, dans les banques, dans les hôpitaux, au fond des mines : « les enfants qui tremblent sous la terreur pâle des directeurs, ||

les femmes noyées dans les huiles minérales, // la foule au marteau, au violon, au nuage » (Cri vers Rome). Et la colère le saisit. Il crie pour eux son indignation et appelle en termes prophétiques la destruction de la ville coupable, qui symbolise ici toutes les villes du monde où l'homme est exploité par l'homme.

En revanche, immédiatement conquis par la noblesse native, la chaleur humaine et le sens musical des Noirs, il chante l'épopée de leur captivité et de leur humiliation (« Oh! Harlem, déguisée! // Oh! Harlem, menacée par une foule de costumes sans têtes! ») avec une puissance dont on trouve peu d'équivalents chez les poètes blancs de sa génération. Et combien d'entre eux les appelaient déjà en 1929 à reconquérir leur dignité, à se révolter contre l'injustice?

« Nous le suivions tous, parce qu'il était la fête, la joie... » rappelle Salinas. Cette fête et cette joie, nous l'apprenons ici mieux que partout ailleurs, plongeaient leurs racines dans une terreur ontologique dont le Journal en miettes *d'Ionesco donne une idée. Amour orgiaque de la vie, d'un côté; aspiration éperdue, de l'autre, à remonter au néant. L'adhésion a pour revers la méfiance, le détachement, le sentiment d'étrangement, la conviction d'avoir été pris au piège, d'être tombé dans quelque trappe diabolique. Car le monde sensible n'est que duperie : « Mensonge que les formes », s'exclame-t-il (Lune et panorama des insectes); le présent ne sert qu'à dissimuler le futur, et le futur, c'est la vieillesse abominable, en tout cas, la mort. Il faut réveiller les humains endormis dans l'illusion : « La vie n'est pas un songe. Alerte! Alerte! Alerte! // Nous roulons en bas des escaliers pour manger la terre humide (...) » (Ville sans sommeil). Et dans l'Ode à Walt Whitman, cette*

sentence d'une grandeur shakespearienne : « Agonie, agonie, rêve, ferment et rêve. || Tel est le monde, ami, agonie, agonie. || Les morts se décomposent sous l'horloge des villes (...) »

Coupée de Dieu, sans rédemption possible, considérée dans sa stricte rigueur temporelle et charnelle, la condition humaine selon Lorca est essentiellement tragique. A peine passé le seuil du non-être, figuré par la pomme d'avant le péché, l'être humain, chassé du paradis de l'enfance, se voit soumis à la loi irrévocable de la Terre (« Seule existe la Terre »). Il est lancé dans le devenir et ne s'appartient pas. Ce qu'il croyait être son bien inviolable, son moi, passe par une série de métamorphoses et de dépossessions. « Mon visage est à moi et on me le vole », gémit le double du poète, un personnage de Lorsque cinq ans seront passés, *pièce contemporaine du recueil new-yorkais. Nous sommes tous entraînés dans un carrousel burlesque, dérisoire : « J'avais un fils (...) || J'avais une fille (...) J'avais un poisson mort sous la cendre des encensoirs. || J'avais une mer (...) » (Église abandonnée). Fils, fille, poisson mort, mer, ne s'ajoutent pas, ils se succèdent, ils s'équivalent dans l'inconsistance éphémère. « La mer se meurt aussi » (Chant funèbre). A l'absurdité de la vie, le poète répond par le non-sens de son langage. Quant à la dépossession suprême, la mort, elle ne met pas un terme à la douleur, elle ne fait que lui ouvrir de nouvelles ères. Celui qui se définit ainsi maintenant « (...) je ne suis homme, poète ni feuille, || mais pulsation blessée qui sonde les choses de l'autre côté » (Double poème du lac Edem) a rapporté de l'au-delà une vision si terrifiante qu'il n'a osé y faire allusion que très rarement, devant des intimes, en termes voilés. (Au cours d'une conversation amicale, en 1934 — donc plus de quatre ans après la crise de* Poète à New York *— avec*

Carlos Morla Lynch, il lui confie sa crainte que la mort ne soit un seuil ouvert sur de nouvelles métamorphoses.*)* *Mais c'est seulement dans un groupe important de pièces du recueil — près du tiers de l'ensemble — qu'il a fixé avec un relief inoubliable l'hallucination dont il semble bien qu'il ne se soit jamais libéré. L'angoisse de vivre et de mourir s'est cristallisée dans le tréfonds de la conscience du poète en une véritable cosmologie infernale qui demeurera invariable tout au long de ses dernières années. Une loi — édictée par qui ? — condamne à la torture, pour l'éternité, tout ce qui fut chair. « Jamais », « sans fin », « sans relâche », « perpétuel » sonnent le glas de toute espérance de salut ou même de répit pour les victimes. « Il y a un mort au cimetière le plus lointain // qui se plaint trois ans (...) // Et l'enfant qu'on a enterré ce matin pleurait si fort // qu'il a fallu appeler les chiens pour le faire taire » (Ville sans sommeil). Les morts doivent subir, inertes, mais en pleine conscience, toute l'épouvante de la profanation. La thématique est uniforme : même univers bouché, souterrain, gluant, nocturne. Mêmes bourreaux : la lune qui préside au sabbat funèbre, « la lune (...) avec un gant de fumée, assise à la porte de ses éboulements. // La lune ! »; les chiens annonciateurs du supplice; les insectes, qui désignent ici les vers rongeurs (que de paysages avec cimetières, lune et insectes dans ce groupe !) et enfin les herbes, qui marquent constamment dans tous les poèmes de cette veine la progression sournoise et triomphante de l'horreur, les herbes, instrument par excellence de l'agression; « bataillon aux pointes inégales », elles avancent vers les visages immobiles et se lancent à la curée avec des* cris de joie. *C'est alors que l'on comprend que le « paysage avec deux tombes et un chien assyrien » est vu* d'en bas, *que la voix qui murmure, haletante : « les herbes viennent, mon fils, prépare ton squelette »,* *la même qui poussera dans « Oméga » ce cri insoutenable : « Les statues s'écroulent // tandis que s'ouvre la grande porte. // Les heeerbes ! ! ! » est une voix* posthume.

Et au-delà de la « grande porte » continue « le châtiment de la nouvelle résurrection sans fin » qui nous forcera à « paître sans relâche les herbes des cimetières », ainsi qu'il est affirmé dans cet énigmatique et redoutable « Petit poème infini » auquel « Mort » donne des prolongements illimités : « Quel effort ! // Quel effort du cheval pour être chien ! // Quel effort du chien pour être hirondelle ! // Quel effort de l'hirondelle pour être abeille ! », effort qui ne cessera jamais, puisque tout aboutit à l'éternel recommencement : « Quel effort de l'abeille pour être cheval ! »

Pourtant — qui l'aurait prévu ? — c'est sur une explosion de joie que s'achève ce livre terrible : le poète salue dans la jubilation son arrivée à La Havane, sa remontée au monde des humains. D'un extrême de lui-même il s'est précipité à l'autre, déployant une prodigieuse amplitude.

Jamais il n'a été si grand ni si vrai. Tous ces paroxysmes de colère, de pitié, de terreur et d'amour ont été vécus *et fixés sur le papier sans aucune outrance. Dans cette soixantaine de pages se trouvent tous les germes du futur, le cauchemar de* Lorsque cinq ans seront passés, *la révolte du* Public, *la volonté critique des pièces qui suivront, la sombre beauté du* Chant funèbre, *la sublime désespérance du* Divan du Tamarit. *Tout le second versant de l'œuvre de Lorca est illuminé par les feux multiples de cette étoile géante.*

André Belamich

I

Odes

Traduction
d'André Belamich

Odes

ODE A SALVADOR DALI

Une rose dans le haut jardin que tu désires.
Une roue dans la pure syntaxe de l'acier.
Balayés, les sommets de brume impressionniste.
Les gris contemplent leurs dernières balustrades.

Les peintres d'aujourd'hui dans leurs blancs studios
[coupent
la fleur aseptique des racines carrées.
Dans les eaux de la Seine un iceberg de marbre
refroidit les fenêtres et dissipe les lierres.

On foule d'un pas ferme le dallage des rues.
La vitre se dérobe aux magies du reflet.
Plus de parfumeries. L'État les a fermées.
La machine éternise ses mouvement binaires.

Une absence d'écrans, de forêts, de sourcils
flotte au-dessus des toits des anciennes maisons.
L'air aiguise son prisme au contact de la mer
et l'horizon jaillit comme un grand aqueduc.

Loin des pénombres et du vin, des marins tranchent
sur une mer de plomb la tête des sirènes.
La Nuit, noire statue de la prudence, tient
à la main le miroir arrondi de la lune.

Un désir de limite et de formes nous gagne.
Voici l'homme qui voit avec le mètre jaune.
Vénus n'est plus qu'une blanche nature morte
et les collectionneurs de papillons s'éclipsent.

Cadaqués au fléau de l'onde et du coteau
élève ses gradins et cache ses coquilles.
Dans l'air que pacifie une flûte de bois
un ancien dieu sylvestre offre aux enfants des fruits.

Ses pêcheurs dorment sans rêver sur le rivage.
En haute mer ils ont pour boussole une rose.
L'horizon vierge de mouchoirs blessés unit
le cristal du poisson à celui de la lune.

Une dure couronne de blancs brigantins
ceint des tempes de sel et des cheveux de sable.
Les sirènes sans suggestionner persuadent
et viennent quand on leur montre un verre d'eau douce.

O Salvador Dali à la voix olivâtre!
Plus que ton imparfait pinceau adolescent
ou ta couleur cernée de celle de ce temps
je veux louer ta soif d'éternel limité.

Ame hygiénique tu vis sur des marbres neufs.
Tu fuis la sylve obscure aux formes incroyables,
bornant ta fantaisie au rayon de tes mains,
goûtant de ton balcon le sonnet de la mer.

Aux premiers plans que fréquente l'humain, le monde
est fait de sourdes pénombres et de désordre.
Mais en dissimulant le décor, les étoiles
découvrent le schéma parfait de leurs orbites.

Le cours du temps s'apaise et s'ordonne selon
les formes numériques d'un siècle ou de l'autre.
La Mort vaincue vient en tremblant se réfugier
dans le cercle étroit de la minute présente.

Quand tu prends ta palette au trou d'aile blessée
tu appelles un jour de cime d'olivier
ample jour de Minerve aux mille échafaudages
qui exclut le sommeil et ses fleurs inexactes.

Jour antique qui reste arrêté sur le front
sans descendre au niveau de la bouche ou du cœur,
jour que craignent les vignes tendres de Bacchus
et la force sans ordre où s'emporte l'eau courbe.

Tu fais bien de hisser des pavillons d'alerte
à la limite obscure où scintille la nuit.
Peintre, tu ne veux point qu'amollisse les formes
le coton capricieux d'un nuage imprévu.

Le poisson au vivier et l'oiseau dans la cage.
Tu ne veux les créer dans la mer ou le vent.
Tu fixes stylisés, après les avoir vus
d'un iris ingénu, leurs petits corps agiles.

Tu aimes la matière exacte et définie
où la mousse ne peut poser son campement,
l'architecture qui se construit dans l'absence
et tu prends le drapeau pour une simple farce.

Le compas d'acier dit son court vers élastique
et la sphère dément les îles inconnues.
La ligne droite affirme son effort vertical.
Le savant cristal chante ses géométries.

Mais la rose, la rose au jardin où tu vis,
elle encore et toujours, nord et sud de nos âmes!
Tranquille et concentrée, ainsi qu'un marbre aveugle
ignorant les efforts souterrains qui la créent.

Rose pure effaçant croquis et artifices
pour nous ouvrir les ailes frêles du sourire.
(Papillon épinglé qui médite son vol.)
Rose de l'équilibre obtenu sans douleurs.
Toujours la rose!

O Salvador Dali à la voix olivâtre,
je dis ce que me dit ta personne et ton œuvre.
Plus que ton imparfait pinceau adolescent
je loue la direction si ferme de tes flèches.

Je chante ton effort de beau jour catalan,
ton amour pour tout ce qui se peut expliquer.
Je chante aussi ton cœur astronomique et tendre
de carte à jouer française, exempt de cicatrice,

le rêve de statue que tu poursuis sans trêve,
la peur de l'émotion qui t'attend dans la rue,
la petite sirène qui sur sa bicyclette
de conque et de corail te chante au bord de l'eau.

Mais avant tout je chante une pensée commune
qui nous unit aux moments sombres ou dorés.
Le jour qui éblouit nos yeux, ce n'est point l'Art.
C'est avant tout l'amour, l'amitié ou l'escrime.

C'est, par-dessus la toile où patient tu dessines
le sein de la Thérèse à la peau d'insomnie
ou la boucle serrée de Mathilde l'ingrate,
c'est notre amitié peinte comme un jeu de l'oie.

Trace de doigts vive à jamais, qu'un sang sur l'or
raye le cœur de la Catalogne éternelle.
Qu'une étoile comme un poing sans faucon t'éclaire
tandis que ta peinture et ta vie fleuronnent.

Dédaigne la clepsydre aux ailes membraneuses
et la faux inflexible des allégories.
Habille et déshabille au grand air ton pinceau
face à la mer peuplée de marins et de barques.

LA SIRÈNE ET LE CARABINIER

(Fragments.)

A Guillermo de Torre.

Paysage scalène d'écume et d'oliviers
découpant ses profils sur le bleu du ciel dur,
jour profond sans un pli de brouillard étiré
comme le dos rosé de quelque baigneur nu.

Ailes de plume, ailes de lin : barques et coqs.
Des dauphins à la file jouent à ponceau-brisé.
La lune du soir se détache toute ronde
et la chaste colline de rumeurs et de baumes.

Sur les bords de la grève chantent les mariniers
des chansons de bambou et des refrains de neige
et des cartes brouillées font luire dans leurs yeux
un Équateur sans braise, une Chine sans air.

Des trompettes de cuivre plantent leurs aiguillettes
sur la roseur de pomme du ciel toujours lointain,
des trompettes de cuivre dont les carabiniers
sonnent lorsqu'ils guerroient la mer et ses peuplades.

La nuit sous une peau de mulet travestie,
arrive en bousculant les chaloupes latines.
La taille de la grâce demeure pleine d'ombre.
La mer perd sa pudeur et ses vertus dorées.

O muses qui dansez d'un pied rose et léger
en belles trinités sur la verte pelouse,
agréez mon offrande en chantant dans le ciel
neuf poèmes distincts d'une seule parole.

NORMES

1

Norme d'hier rencontrée
au ciel de ma nuit présente,
ô splendeur adolescente
opposée au blanc des neiges.
Tu ne trouveras auberge
dans mes secrètes pupilles
que l'amour laisse orphelines
à mon cœur déjà défunt;
mais je cherche le jardin
où se repose ton style.

2

Norme de sein et de hanche
sous le feuillage étendue;
première et neuve vertu
qui vient de naître au printemps.
Ma nudité se prétend
dahlia de ton destin
abeille, rumeur ou trille
de ton chiffre sans mesure;
mais mon amour veut la pure
folie de brise et de pins.

SOLITUDE

(Hommage à Fray Luis de Leon.)

Difficile minceur :
Le monde cherche-t-il une blanche,
Totale, éternelle absence?
Jorge Guillen.

Solitude pensive
sur la rose et la pierre, insomnie et mort
où libre et captif,
figé en son blanc vol,
chante le jour blessé par la glace du Nord.

Solitude au style
de silence sans fin et d'architecture
où la flûte libre
de l'oiseau du bois touffu
ne parvient à trouer ta chair obscure.

En toi je laisse oubliée
la frénétique pluie de mes veines
et ma taille trempée
pour être, hors de mes chaînes,
une rose fragile sur la grève.

Rose de nu
sur la chaux et la sourde flamme
lorsque, le fil rompu,
lavé de lune et sans regard,
je franchirai l'eau pure de ton calme.

Sur la courbe du fleuve
le double cygne sa blancheur chante.
Sa molle voix sans froideur
s'épanche de sa gorge
et roule et monte parmi les joncs.

De sa rose de farine
un enfant nu mesure la rivière,
tandis que le bois affine
sa musique première
en rumeur de cristal et d'ébène.

Des chœurs d'immortelles
tourbillonnent fous d'éternité.
L'expression de leurs gestes
touche les deux moitiés
du globe qui distille la paix.

La harpe où se prend
le soupir entre des nerfs de métal doré,
les plus doux instruments
sonores ou discrets
recherchent, solitude, ton royaume glacé,

tandis qu'inaccessible
au son et à sa lèpre
tu n'admets de hauteurs possibles
ni de lèvres familières
à la montée vers toi de notre plainte.

ODE AU SAINT SACREMENT DE L'AUTEL

(Fragment.)

Hommage à Manuel de Falla.

1. EXPOSITION

Pange lingua gloriosi Corporis mysterium.

Les femmes psalmodiaient le long du mur figé
quand je te vis, Dieu fort, vif dans ton Sacrement,
palpitant et tout nu comme un enfant qui court
poursuivi par les sept taurillons capitaux.

Et tu étais vivant, mon Dieu, dans l'ostensoir.
Lanciné par ton Père d'aiguilles de feu.
Battant comme le pauvre cœur de la grenouille
que les médecins mettent dans un bocal de verre.

Pierre de solitude où gémissent les herbes
et où l'eau sombre perd ses trois modulations,
on dresse ta colonne de nard couvert de neige
sur un monde de roues et de phallus en marche.

Je regardais ta forme délectable flotter
parmi la plaie des huiles et le linge d'agonie,
les yeux à demi clos pour diriger leur doux
tir sur ta cible d'insomnie sans oiseau noir.

C'est ainsi, Dieu ancré, que je voudrais t'avoir.
Tambourin de farine pour le nouveau-né.
Brise et matière unies dans l'expression exacte
pour l'amour de la chair qui ne sait pas ton nom.

Oui, ainsi, forme brève aux rumeurs ineffables,
Dieu dans les langes, Christ éternel et minuscule,
répété mille fois, mort et crucifié
par l'impure parole de l'homme en sueur.

Les femmes psalmodiaient sur le sable sans nord
quand je te vis présent dans ton saint Sacrement.
Cinq cents séraphins d'encre et de splendeur goûtaient
sous la coupole neutre au raisin de ta grappe.

O Forme sanctifiée, bissectrice des fleurs
où tous les angles prennent leur jour définitif,
où le nombre et la bouche construisent un présent
corps de lumière humaine aux muscles de farine!

O Forme limitée pour exprimer concrètes
la foule des lumières et la clameur des voix!
O neige couronnée de glaçons de musique!
O flamme crépitant dans les veines de tous!

2. MONDE

Agnus Dei qui tollis peccata mundi, miserere nobis.

Une nuit de terrasses et de talons sifflait
à travers les paupières sèches des colombes.
Onde et cristal en fuite couvraient d'argent mouillé
les épaules de ciment des villes de la terre.

La gillette reposait sur les tables de toilette
avec son impatiente soif de cou sectionné.
Dans la maison du mort les enfants poursuivaient
jusqu'aux recoins de l'ombre le serpent des sables.

Copistes endormis au quatorzième étage.
Femme publique aux seins de verre griffé. Fils
électriques et demi-lune aux vibrations d'insecte.
Bar sans clients. Cris. Têtes passant sur l'eau.

L'assassinat du rossignol faisait surgir
trois mille hommes armés de coutelas brillants.
Des vieilles et des prêtres pleuraient en essuyant
une pluie de langues et de fourmis volantes.

Nuit au visage blanc. Nuit nulle sans visage.
Sous la Lune et le Soleil. Triste nuit du Monde.
Deux moitiés opposées. Un homme qui ignore
l'heure où son papillon quittera les horloges.

Sous l'aile du dragon il y a un enfant.
Poulains de cœurs battants dans l'étoile livide.
La licorne voulait ce que la rose oublie
et l'oiseau désirait ce que les eaux défendent.

Seul ton saint Sacrement, lumière en équilibre,
pouvait calmer l'angoisse de l'amour délié.
Seul ton saint Sacrement, manomètre qui sauve
les cœurs bolides lancés à cinq cents à l'heure.

Car ton signe est la clé de la plaine céleste
où la carte et la plaie s'emmêlent en chantant,
où la lumière lâche son taureau de feu,
où s'affirme l'odeur de la rose sereine.

Car ton signe à la fois dit le ver et la brise.
Point de jonction de la minute avec le siècle.
Clair univers des morts, fourmilière de vie
avec l'homme de neige et le noir de la flamme.

Monde, voici un terme à ta désespérance,
à ta crainte éternelle de l'abîme sans fond.
O tendre Agneau captif qui as trois voix égales!
Sacrement immuable, amour et discipline!

II

Choix de poèmes en prose

Traduction
d'André Belamich.

13 et 22

Lorsqu'on posa la tête coupée sur la table du bureau, tous les carreaux de la ville se brisèrent. « Il faudra calmer ces roses », dit la vieille. Une automobile passait, et c'était un 13. Une autre automobile passait et c'était un 22. Puis une boutique passa et c'était un 13. Puis un kilomètre et c'était un 22. La situation devenait intolérable. Il fallait rompre pour de bon.

12 et 21

Après la terrible cérémonie, tout le monde grimpa à la dernière feuille de l'aubépine, mais la fourmi était si grande, si grande, qu'elle dut rester par terre avec le marteau et l'œil enfilé.

11 et 20

Puis il s'en allèrent en automobile. Ils voulaient se suicider pour donner l'exemple et empêcher les canots d'aborder la côte.

10 et 19

Ils brisaient les cloisons, agitaient des mouchoirs. Geneviève! Geneviève! C'était la nuit. La denture et le fouet devenaient nécessaires.

9 et 18

C'était inéluctable. Ils se suicidaient, je veux dire, nous nous suicidions. Mon cœur! Mon amour! La tour Eiffel est belle, la sombre Tamise aussi. Si nous allons chez Lord Butown, on nous donnera la tête de langouste et le petit rond de fumée. Mais nous n'irons jamais chez ce Chilien.

8 et 17

C'est inéluctable. Embrasse-moi sans me déchirer la cravate. Encore, encore.

7 et 16

Moi, un enfant, et toi, ce que voudra la mer. Reconnaissons que la joue droite est un monde sans lois et l'astronomie un bout de savon.

6 et 15

Adieu. Au secours! Mon amour, mon amour. Ça y est, nous mourons ensemble. De grâce, terminez-moi ce poème.

5 et 14

4 et 13

A cet instant, nous vîmes les amants s'étreindre sur les vagues.

3 et 12

2 et 11

1 et 10

Un impétueux coup de mer balaya les quais et le pont des navires. On n'entendit qu'une voix sourde, entre les poissons, qui clamait.

9

8

7

6

5

4

3

2

1

0

Les estivants de la plage d'Alexandrie n'oublieront jamais cette émouvante scène d'amour qui nous arracha des larmes à tous.

AMANTS ASSASSINÉS PAR UNE PERDRIX

— *Ils l'ont voulu tous les deux*, me dit leur mère.

— Tous les deux? fis-je. Voyons, Madame, c'est impossible. Vous avez trop de tempérament et, à leur âge, on sait tout de même pourquoi tombent les épingles de la rosée.

— Taisez-vous, Lucien, taisez-vous. Non, non, Lucien, non.

— Pour souffrir ce prénom, j'ai besoin de modérer la douleur de mes souvenirs. Vous croyez donc que cette petite denture et que cette main d'enfant qu'ils ont laissées par inadvertance au creux de la vague peuvent me consoler de ma tristesse? *Ils l'ont voulu tous les deux*, me dit leur cousine. Tous les deux. Je me mis à regarder la mer et je compris.

— Est-il possible que du bec de cette colombe si cruelle, au cœur d'éléphant, jaillisse la pâleur lunaire de ce transatlantique là-bas qui s'éloigne?

— C'est que j'ai dû plus d'une fois faire usage de ma cuillère pour me défendre des loups. Mais, je n'y suis pour rien, mon Dieu! voilà que je pleure.

— Ils l'ont voulu tous les deux, dis-je. Tous les deux. Une pomme sera toujours un amant, mais un amant ne pourra jamais être une pomme.

C'est pour cela qu'ils sont morts. Pour cela. Avec vingt fleuves et un seul hiver déchiré.

*

— Oh, ce fut très simple. Ils s'aimaient par-dessus tous les musées. La main droite avec la main gauche. La main gauche avec la main droite. Le pied droit avec le pied droit. Le pied gauche avec le nuage. Le cheveu avec la plante du pied. La plante du pied avec la joue gauche. O joue gauche! O noroît de nacelles et de fourmis de mercure! Donne-moi ce mouchoir, Geneviève, je vais pleurer. Je vais pleurer jusqu'à ce que de mes yeux jaillisse une foule d'immortelles. Ils se couchaient. Rien de plus touchant que ce spectacle. Vous m'avez entendu? Ils se couchaient. La cuisse gauche avec l'avant-bras gauche. Les yeux fermés avec les ongles ouverts. La taille avec la nuque et la plage. Et les quatre mignonnes oreilles étaient quatre anges dans la cabane de la neige. Ils s'aimaient. Ils s'adoraient. Au mépris de la loi de la gravité. La différence qui existe entre une épine de rose et une *star* est simple comme bonjour. Lorsqu'ils la découvrirent, ils s'en allèrent aux champs. Ils s'aimaient. Mon Dieu! Ils s'aimaient sous les yeux des chimistes. Le dos avec la terre, la terre avec l'anis. La lune avec l'épaule endormie et leurs tailles s'entrecroisaient avec un froissement de verre. J'ai vu frémir leurs joues lorsque les professeurs de l'Université leur apportèrent du miel et du vinaigre dans un petit bout d'éponge. Plus d'une fois, ils durent éloigner les chiens qui gémissaient après les lierres neigeux de leur couche. Mais ils s'aimaient.

C'étaient un homme et une femme, ou encore, un homme et une motte de terre, un éléphant et un enfant, un enfant et un jonc. C'étaient deux garçons évanouis et une jambe de nickel. C'étaient les bateliers! Oui. C'étaient les bateliers du Guadiana, qui encerclaient de leurs rames toutes les roses du monde.

Le vieux marin cracha son tabac et poussa de grands cris pour effaroucher les mouettes. Mais il était trop tard.

La chose arriva. C'était fatal. Lorsque les femmes en deuil arrivèrent chez le gouverneur, celui-ci mangeait tranquillement des amandes vertes et des poissons frais sur une exquise assiette d'or. Il eût mieux valu ne pas lui parler.

C'était aux Açores. Je peux à peine pleurer. J'envoyai deux télégrammes, mais, malheureusement, il était trop tard. Je vous dirai seulement que les enfants qui passaient à l'orée du bois virent une colombe dont le bec laissait couler un filet de sang.

Voilà, cher capitaine, la raison de mon étrange mélancolie.

LA DÉCOLLATION DE SAINT JEAN-BAPTISTE

A Luis Montanyá.

SAINT JEAN : Aïe!
LES NOIRS : Aïe! Aïe!
SAINT JEAN : Aïe! Aïe!
LES NOIRS : Aïe aïe aïe!
SAINT JEAN : Aïe aïe aïe!
LES NOIRS : Aïe aïe aïe aïe!

Finalement, les noirs trimphèrent. Mais on était convaincu que les rouges gagneraient. La nouvelle accouchée avait une peur terrible du sang, mais le sang dansait lentement avec un ours teint de cinabre sous ses balcons. L'existence des linges blancs, comme celle de l'eau douce dans les vallées, devenait impossible. Intolérable, la présence de la lune. Et l'on appelait de ses vœux le taureau ouvert, le taureau déchiré à la hache et les grosses mouches jouisseuses.

Le frisson des planètes se répercutait sur le bout des doigts et les familles se prenaient à haïr les larmes, les larmes de grenaille de plomb qui éteignent la danse et agglutinent les miettes de pain.

Les rubans avaient détrôné les serpents et le cou de la femme s'apprêtait au rasoir et à la fumée.

SAINT JEAN : Aïe aïe aïe aïe!
LES NOIRS : Aïe aïe aïe!
SAINT JEAN : Aïe aïe aïe!
LES NOIRS : Aïe aïe!
SAINT JEAN : Aïe aïe!
LES NOIRS : Aïe!
LES ROUGES *(apparaissant brusquement)* : Aïe aïe aïe aïe!

Les rouges gagnaient. En aveuglants triangles de feu. Il fallait donner un baiser à l'enfant mort dans la prison pour pouvoir mastiquer cette fleur abandonnée. Salomé avait plus de sept dentiers postiches et une fiole de poison. Sus! Tuons-le! Ils arrivaient déjà à la basse-fosse.

Il devra lutter contre la renarde et contre la lune des tavernes. Il devra lutter. Il devra lutter.

Est-il possible que les immortelles et les colombes qui étaient restées silencieuses frappent à la porte avec tant de fureur? Mon fils. Mon petit aux yeux obliques, ferme cette porte sans que personne puisse soupçonner ta présence. Voici les Hébreux! Ils arrivent! Sous un ciel de linges rangés et de pièces fausses.

J'ai mal à la paume des mains à force de soutenir les petites pattes des moineaux. Mon fils! Mon amour! Un homme peut battre les collines en quête de son pistolet, un barbier peut et doit faire des croix de sang sur la nuque de ses clients, mais nous, nous ne devons pas nous montrer à la fenêtre.

Les rouges gagnent. Je te l'avais dit. Les magasins ont jeté toutes les lavallières dans le sang. On assure à la Direction de la Police que le rouge est monté de mille pour mille.

SAINT JEAN : Rasoir
LES ROUGES : Couteau couteau.
SAINT JEAN : Rasoir rasoir
LES ROUGES : Couteau couteau couteau.
SAINT JEAN : Rasoir rasoir rasoir
LES ROUGES : Couteau couteau couteau couteau.

Ils gagnèrent finalement au dernier *goal.*

Sous un ciel de plantes de pieds. La décollation fut terrifiante. Mais magistralement exécutée. Le couteau était prodigieux. Somme toute, la chair n'est jamais que ventre de grenouille. Il faut aller contre la chair. Il faut bâtir des usines de couteaux. Pour que l'horreur agite sa forêt intraveineuse. Le spécialiste de la décollation est ennemi des émeraudes. Je te l'avais toujours dit, mon fils. Il ne connaît pas le chewing-gum, mais il connaît le cou si tendre de la perdrix vivante.

Saint Jean était à genoux. Le bourreau était un nabot. Mais le couteau était un couteau. Un couteau étincelant, un couteau d'étincelles aux dents serrées.

Le vacarme du stade fit mugir les vaches dans toutes les étables de Palestine. La tête du lutteur céleste était au milieu de l'arène. Les demoiselles se teignaient les joues en rouge et les jeunes gens coloraient leur cravate au canon palpitant de la jugulaire déchirée.

LA TÊTE DE SAINT JEAN : Lumière!
LES ROUGES : Lame
LA TÊTE DE SAINT JEAN : Lumière! Lumière!
LES ROUGES : Lame lame
LA TÊTE DE SAINT JEAN : Lumière lumière lumière
LES ROUGES : Lame lame lame lame

LE MASSACRE DES INNOCENTS

Tris tras. Zig zag, rig rag, milg malg. La peau était si tendre qu'elle s'arrachait d'une pièce. Enfants et gorges fraîchement coagulés.

Les guerriers avaient des racines millénaires, et le ciel, des chevelures bercées par le souffle des amphibies. Il fallait fermer les portes. Joseph. Emmanuel. Henri. Édouard. Jacques. Émile. Si petits!

Quand les mères deviendront folles, elles voudront construire une fabrique de chapeaux de porphyre, mais elles ne pourront jamais par ce geste cruel atténuer la tendresse de leurs seins répandus.

Les tapis s'enroulaient. L'aiguillon de l'abeille permettait le maniement de l'épée.

Il le fallait, ce craquement d'os et la rupture du barrage des fleuves. Une bassine, c'est tout. Mais une bassine sans effroi devant l'interminable jet de sang qui retentirait trois jours durant.

On montait sur les tours et on descendait aux conques marines. Une blancheur de clinique triompha finalement de la clarté sirupeuse de l'hôpital. Désormais, il était possible d'opérer en toute sécurité. Iodoforme et violette, ouate et argent d'un autre monde. Entrez, entrez! Il y a des gens qui se jettent du haut des tours dans les cours intérieures et des désespérés qui se plantent des pointes dans les genoux. La lumière du matin était coupante et le vent huilé rendait possible la plaie la plus inattendue. Georges. Alvaro. Guillaume. Léopold. Jules. Joseph. Louis. Si petits. Innocents. L'acier a besoin de chaleur pour créer les nébuleuses, et, en avant, la lame infatigable! Il vaut mieux être une méduse flottante qu'un enfant. Le joyeux massacre! Fonction logique du sang privé de lumière qui baigne ses parois.

Ils arrivaient des rues les plus lointaines. Chaque chien portait dans sa gueule un lambeau de chair. Le pianiste fou recueillait des ongles roses pour se construire un piano impassible et les troupeaux bêlaient, le col tranché.

Il faut avoir deux cents enfants et les livrer au massacre. La seule façon d'assurer l'autonomie de l'iris des bois.

Par ici! Par ici! Voici mon fils bien tendre, mon fils au cou fondant. Sur la marche du palier, tu l'égorgeras comme un rien.

Il paraît qu'on est en train d'inventer le rasoir électrique pour ranimer l'opération.

Vous souvenez-vous du rossignol aux pattes brisées? Il était parmi les insectes, créateurs de frissons et de fines salives. Pointes d'aiguilles. Et rayures d'araignée sur les constellations. Il y a vraiment de quoi rire quand on pense à la froidure de l'eau. De l'eau froide sur les sables, le ciel froid et le dos des caïmans. Ici, on voit couler dans les rues la substance la plus secrète, la plus savoureuse, qui teint les dents et fait pâlir les ongles. Le sang. Avec toute la force de son S.

Pour peu que l'on médite et que l'on s'imprègne de véritable piété, on tiendra le massacre pour une des grandes œuvres de miséricorde. Miséricorde du sang aveugle qui veut, selon la loi de sa nature, déboucher dans la mer. Il n'y eut pas un seul cri. Le chef des Hébreux traversa la place pour calmer la multitude.

A six heures du soir, il ne restait plus que six enfants à égorger. Les sabliers saignaient toujours mais toutes les plaies étaient déjà sèches.

Et le sang s'était déjà cristallisé quand se mirent à pointer les lanternes. Jamais le monde ne connaîtra de nuit pareille. Une nuit de vitres et de menottes glacées.

Les seins s'emplissaient de lait inutile.

Le lait maternel et la lune soutinrent une bataille contre le sang triomphant. Mais le sang s'était rendu maître des marbres et il y plantait ses ultimes racines affolées.

LA POULE

(Conte pour enfants simplets.)

Il était une fois une petite fille qui était idiote. J'ai dit idiote. Mais elle était encore plus idiote que ça. Un moustique la piquait : elle se sauvait dare-dare. Une guêpe la piquait : elle se sauvait dare-dare. Une chauve-souris la piquait : elle se sauvait dare-dare.

Toutes les poules ont peur des renards. Mais la poule dont je vais vous parler, eh bien, elle voulait être dévorée par eux. C'est qu'elle était idiote. Ce n'était pas une poule. C'était une idiote.

Pendant les nuits d'hiver, la lune des villages donne de grosses claques aux poules. Des claques qui retentissent dans les rues. De quoi se tordre. Les curés ne pourront jamais comprendre pourquoi, mais Dieu si. Et les poules avec Lui.

Il faut absolument que vous sachiez tous que Dieu est une grande montagne VIVANTE. Il a une peau de mouches et par-dessus une peau de guêpes et par-dessus une peau d'hirondelles et par-dessus une peau de lézards et par-dessus une peau de vers de terre et par-dessus une peau d'hommes et par dessus une peau de léopards et tout et tout. Vous voyez tout ? Bon, ajoutez-y une peau de poules. C'est ce que notre amie ne savait pas.

Comme les poules sont sympathiques ! Ça fait rire rien que d'y penser. Elles ont toutes une crête. Elles ont toutes un cul. Elles pondent toutes des œufs. Vous êtes bien d'accord ?

Or, notre idiote de poule détestait les œufs. Elle aimait les coqs, bien sûr, comme la main droite des grandes personnes peut aimer la piqûre des ronces ou l'initiation des coups d'épingles. Mais notre poule détestait ses propres œufs. Et pourtant, quoi de plus beau qu'un œuf ?

Fraîchement cueilli des épis, encore chaud, c'est la perfection de la bouche, la paupière et le lobe de l'oreille. La joue encore chaude de la mourante. C'est le visage. Vous ne comprenez pas ? Moi, si. On lit ça dans les contes japonais et il y a quelques femmes ignorantes qui le savent également.

Je ne veux pas défendre la beauté nue de l'œuf, mais puisque tout le monde vante le lustre des miroirs et la joie de ceux qui batifolent dans l'herbe, je peux bien défendre un œuf contre une poule idiote.

Je vais vous dire : cette poule aimait les hommes.

Donc une nuit, la lune distribuait ses claques aux poules. La mer et les charbonnières et les toits avaient le même éclairage. Une lumière où le hanneton aurait reçu les flèches de tout le monde Personne ne dormait. Les poules n'en pouvaient plus. Elles avaient la crête pleine de givre et leurs petits poux faisaient tinter des clochettes électriques au creux des claques.

Un coq se décida à la fin.

La poule idiote se défendit.

Le coq dansa trois fois, mais les coqs ne savent pas bien enfiler les aiguilles.

Les cloches des tours sonnèrent parce qu'elles devaient sonner, et alors les cours d'eau et les couloirs et les joueurs de golf tintinnabulèrent, cramoisis, par trois fois. La lutte commença.

Coq malin. Poule idiote. Poule maline. Coq idiot. Deux malins. Deux idiots. Coq malin. Poule idiote.

Ils luttèrent. Luttèrent. Luttèrent. Une nuit. Dix nuits. Vingt nuits. Un an. Dix ans. Toujours, quoi!

III

Poète à New York

Traduction de Pierre Darmangeat.

A Bébé et Carlos Morla.

Les poèmes de ce livre furent écrits à New York l'an 1929-1930, où le poète était étudiant à Columbia University.

F. G. L.

I

Poèmes de la solitude à Columbia University

Fureur couleur d'amour,
amour couleur d'oubli.
Luis Cernuda.

RETOUR DE PROMENADE

Assassiné par le ciel,
entre les formes qui vont vers le serpent
et les formes qui cherchent le cristal,
je laisserai pousser mes cheveux.

Avec l'arbre à moignons qui ne chante pas
et l'enfant au blanc visage d'œuf.

Avec les petits animaux à la tête cassée
et l'eau haillonneuse aux pieds secs.

Avec tout ce qui a lassitude sourde-muette
et papillon noyé dans l'encrier.

Butant contre mon visage différent chaque jour.
Assassiné par le ciel!

1910

(Intermède)

Ces yeux, les miens, de mil neuf cent dix
n'avaient pas vu enterrer les morts
ni la foire de cendre de qui pleure au petit jour,
ni le cœur qui tremble, traqué comme un petit cheval
[de mer.

Ces yeux, les miens, de mil neuf cent dix
avaient vu le mur blanc où urinaient les petites filles,
le mufle du taureau, le champignon vénéneux
et une lune incompréhensible qui éclairait dans les
[coins
les morceaux de citron sec sous le noir dur des bouteilles.

Ces yeux, les miens, sur le cou du poney,
sur le sein transpercé de sainte Rose endormie,
sur les toits de l'amour, pleins de gémissements et
[de mains fraîches,
dans un jardin où les chats mangeaient les grenouilles.

Grenier où la vieille poussière agglutine statues et
[mousses,
boîtes qui gardent le silence de crabes dévorés
à l'endroit où le rêve se heurtait à leur réalité.
Là s'ouvrirent mes yeux enfants.

Ne me demandez rien. J'ai vu que les choses
quand elles cherchent leur cours ne trouvent que
[leur vide.
Il y a une douleur de creux dans l'air inhabité
et dans mes yeux des créatures vêtues, sans nudité!

New York, août 1929.

FABLE ET RONDE DES TROIS AMIS

Henri,
Émile,
Laurent.

Tous trois étaient glacés :
Henri par le monde des lits,
Émile par le monde des yeux et les blessures des mains,
Laurent par le monde des universités sans toits.

Laurent,
Émile,
Henri.

Tous trois étaient brûlés :
Laurent par le monde des feuilles et les boules de
[billard,
Émile par le monde du sang et les épingles blanches,
Henri par le monde des morts et les journaux
[abandonnés.

Laurent,

Émile,
Henri.
Tous trois étaient enterrés :
Laurent dans un sein de Flore,
Émile dans l'inerte genièvre oublié au fond du verre,
Henri dans la fourmi, dans la mer et dans les yeux vides
[des oiseaux.
Laurent,

Émile,
Henri.
Tous trois furent dans mes mains
trois montagnes chinoises,
trois ombres de cheval,
trois paysages de neige et une cabane de lis
parmi les pigeonniers où la lune devient plate sous le coq.

L'un

puis l'autre,
puis l'autre.
Tous trois étaient momifiés,
avec les mouches de l'hiver,
avec les encriers où urine le chien et que méprise le
[chardon,
avec la brise qui glace le cœur de toutes les mères,
par les blancs décombres de Jupiter où les ivrognes
[mangent la mort à leur goûter.
Trois

puis deux
puis un.

Je les ai vus se perdre en pleurant et chantant
dans un œuf de poule,
dans la nuit qui montrait son squelette de tabac,
dans ma douleur pleine de visages et de poignantes
[esquilles de lune,
dans ma joie de roues dentées et de fouets,
dans ma poitrine troublée par les colombes,
dans ma mort déserte avec un seul promeneur égaré.

J'avais tué la cinquième lune
et à l'eau des fontaines buvaient les éventails et les
[applaudissements.
Le lait tiède emprisonné des nouvelles accouchées
agitait les roses d'une longue douleur blanche,
Henri,
Émile,
Laurent.
Diane est dure,
mais elle a parfois les seins embrumés.
La pierre blanche peut battre dans le sang du cerf
et le cerf peut rêver par les yeux d'un cheval.

Quand s'écroulèrent les formes pures
sous le cri-cri des marguerites,
je compris que l'on m'avait assassiné.
On courut les cafés, les cimetières, les églises,
on ouvrit les tonneaux et les armoires,
on brisa trois squelettes pour arracher leurs dents en
[or.
On ne me trouva plus.
On ne me trouva plus?
Non. On ne me trouva plus.
Mais on sut que la sixième lune s'enfuit vers les sources
[du torrent,
et que la mer se rappela, soudain!
les noms de tous ses noyés.

TON ENFANCE A MENTON

Oui, ton enfance, aujourd'hui fable des fontaines.
Jorge Guillén.

Oui, ton enfance, aujourd'hui fable des fontaines.
Le train et la femme qui remplit le ciel.
Ta solitude farouche dans les hôtels
et ton masque pur de tout autre signe.
C'est l'enfance de la mer et ton silence
où les vitres savantes se brisaient.
C'est ton ignorance glacée où se posa
mon torse circonscrit par le feu.
Je t'ai donné la loi d'amour, homme d'Apollon,
les pleurs avec un rossignol extasié,
mais, pâture de ruine, tu t'effilais
pour de brefs songes indécis.
Pensée d'en face, lumière d'hier,
indices et signes du hasard.
Ta ceinture de sable sans repos
n'admet que traces qui n'escaladent pas.
Mais je veux chercher dans les coins
ton âme tiède sans toi, qui ne te comprend pas,
avec la douleur d'Apollon immobile
dont j'ai brisé le masque que tu portes
Alors, lion, alors, fureur du ciel,

je te laisserai paître sur mes joues;
alors, cheval bleu de ma folie,
pulsation de nébuleuse, aiguille des minutes,
je chercherai les pierres à scorpions
et les robes de ta mère enfant,
larmes de minuit et linge déchiré
qui a ôté la lune de la tempe du mort.
Oui, ton enfance, aujourd'hui fable des fontaines.
Ame étrange du creux de mes veines,
je te chercherai petite et sans racines.
Amour de toujours, amour, amour de jamais!
Oh oui, j'aime. Amour, amour! Laissez-moi.
Qu'ils ne me ferment pas la bouche, ceux qui cherchent
des épis de Saturne dans la neige
ou châtrent des animaux dans un ciel,
clinique et forêt de l'anatomie.
Amour, amour, amour. Enfance de la mer.
Ton âme tiède sans toi qui ne te comprend pas.
Amour, amour, un vol de biches
sur la poitrine infinie de la blancheur.
Et ton enfance, amour, et ton enfance.
Le train et la femme qui remplit le ciel.
Ni toi, ni moi, ni l'air, ni les feuilles.
Oui, ton enfance, aujourd'hui fable des fontaines.

II

Les Noirs

Pour Angel del Río.

NORME ET PARADIS DES NOIRS

Ils haïssent l'ombre de l'oiseau
sur la pleine mer de la joue blanche
et le conflit de lumière et de vent
dans le salon de la neige froide.

Ils haïssent la flèche sans corps,
le mouchoir exact de l'adieu,
l'aiguille qui maintient pression et rose
dans la rougeur graminée du sourire.

Ils aiment l'azur désert,
les expressions hésitantes des bœufs,
la menteuse lune des pôles,
la danse courbe de l'eau sur la rive.

Avec la science du tronc et de la piste
ils remplissent de nerfs lumineux l'argile
et patinent lubriques sur l'eau et sur le sable,
goûtant l'amère fraîcheur de leur salive millénaire.

C'est dans l'azur craquant,
azur sans un ver ni une trace endormie,
où les œufs d'autruche demeurent éternels,
où déambulent intactes les pluies ballerines.

C'est dans l'azur sans histoire,
azur d'une nuit sans crainte du jour,
azur où le nu du vent s'en va brisant
les chameaux somnambules des nuages vides.

C'est là que les torses rêvent sous la gourmandise de [l'herbe.
Là les coraux imprègnent le désespoir de l'encre,
les dormeurs effacent leurs silhouettes sous l'écheveau [des coquillages
et reste le creux de la danse sur les dernières cendres.

LE ROI DE HARLEM

Avec une cuillère
il arrachait les yeux des crocodiles
et battait le derrière des singes.
Avec une cuillère.

Un feu de toujours dormait dans les silex
et les scarabées ivres d'anisette
oubliaient la mousse des villages.

Ce vieillard couvert de champignons
allait à l'endroit où pleuraient les Noirs,
tandis que crissait la cuillère du roi
et qu'arrivaient les réservoirs d'eau pourrie.

Les roses fuyaient sur le tranchant
des dernières courbes de l'air,
et sur les tas de safran
les enfants martelaient de petits écureuils
avec une rougeur de frénésie barbouillée.

Il faut traverser les ponts
et arriver à la rougeur nègre
pour que le parfum de poumon
nous frappe les tempes avec son vêtement
de chaud ananas.

Il faut tuer le blond vendeur d'eau-de-vie,
tous les amis de la pomme et du sable,
et il est nécessaire de frapper poings fermés
les petites juives qui tremblent couvertes de bulles,
pour que le roi de Harlem chante avec sa foule,
pour que les crocodiles dorment en longues files
sous l'amiante de la lune,
et pour que nul ne doute de l'infinie beauté
des plumeaux, des râpes, des cuivres et des casseroles de [cuisine.

Oh! Harlem! Harlem! Harlem!
Nulle angoisse comparable à tes yeux opprimés,
à ton sang qui frémit dans l'obscure éclipse,
à ta violence grenat sourde-muette dans la pénombre,
à ton grand roi prisonnier, en costume de concierge.

La nuit avait une fêlure et de calmes salamandres
[d'ivoire.
Les jeunes filles américaines
portaient des enfants et des pièces de monnaie dans le
[ventre
et les garçons défaillaient sur la croix de leur étirement.

Ce sont eux.
Ce sont eux qui boivent le whisky d'argent près des
[volcans
et avalent de petits morceaux de cœur dans les montagnes
[glacées de l'ours.
Cette nuit-là le roi de Harlem avec une très dure cuillère
arrachait les yeux des crocodiles
et battait le derrière des singes.
Avec une cuillère.
Les Noirs pleuraient confusément
parmi les parapluies et les soleils d'or,
les mulâtres étiraient des caoutchoucs, soucieux d'arriver
[au torse blanc,
et le vent ternissait les miroirs
et brisait les veines des danseurs.

Nègres, nègres, nègres, nègres.

Le sang n'a pas de portes dans votre nuit renversée.
Pas de rougeur. Sang furieux sous la peau,
vif dans l'épine du poignard et la poitrine des paysages,
sous les pinces et les genêts de la céleste lune du cancer.

Sang qui cherche par mille chemins des morts enfarinées
[et une cendre de nard,
des ciels rigides, en pente, où les colonies de planètes
puissent rouler le long des plages avec les objets aban-
[donnés.

Sang qui regarde lentement du coin de l'œil,
fait de spartes pressés, nectar de souterrains.
Sang qui oxyde l'alizé attardé à une trace
et dissout les papillons sur les vitres de la fenêtre.

C'est le sang qui vient, qui viendra
par les toits et les terrasses, de toutes parts,
pour brûler la chlorophylle des femmes blondes,
pour gémir au pied des lits devant l'insomnie des lavabos,
et se briser dans une aurore de tabac et de jaune pâle.

Il faut fuir,
fuir par le coin des rues et s'enfermer aux derniers étages,
parce que la moelle de la forêt pénétrera par les fentes
pour laisser dans votre chair une légère trace d'éclipse
et une fausse tristesse de gant déteint et de rose chimique.

C'est par le silence très docte,
quand les garçons d'hôtel et les cuisiniers et ceux qui
[lavent avec la langue
les blessures des millionnaires
cherchent le roi dans les rues ou aux angles du salpêtre.

Un vent du sud, vent de bois, oblique dans la fange noire
crache les barques brisées et s'enfonce des esquilles dans
[les épaules ;
un vent du sud qui porte
défenses d'éléphants, tournesols, alphabets
et une pile de Volta avec des guêpes noyées.

L'oubli était exprimé par trois gouttes d'encre sur le
[monocle,
l'amour par un seul visage invisible à fleur de pierre.
Moelles et corolles composaient sur les nuages
un désert de tiges sans une seule rose.

A gauche, à droite, vers le sud et vers le nord,
s'élève le mur impassible
pour la taupe, l'aiguille de l'eau.
N'y cherchez, ô Noirs, nulle lézarde
pour trouver le masque infini.
Cherchez le grand soleil du centre,
soyez ananas bourdonnant.

Le soleil qui glisse dans les bois,
sûr de n'y pas trouver de nymphe,
le soleil qui détruit des nombres et n'a jamais traversé
[un rêve,
le soleil tatoué qui descend par le fleuve
et mugit, suivi de caïmans.

Nègres, nègres, nègres, nègres.

Jamais serpent, zèbre, ni mule
n'ont pâli en mourant.
Le bûcheron ne sait pas quand expirent
les arbres de clameurs qu'il abat.
Attendez sous l'ombre végétale de votre roi
que ciguës, chardons et orties troublent les ultimes
[terrasses.

Alors, ô Noirs, alors, alors,
vous pourrez avec frénésie baiser les roues des
[bicyclettes,
mettre des couples de microscopes dans les grottes des
[écureuils
et danser enfin, sans plus douter, cependant que les
[fleurs hérissées
assassinent notre Moïse presque dans les joncs du ciel.

Oh! Harlem, déguisée!
Oh! Harlem, menacée par une foule de costumes sans
Ta rumeur m'arrive, [têtes!
ta rumeur m'arrive à travers troncs et ascenseurs,
à travers des gravures grises
où flottent tes automobiles couvertes de dents,
à travers les chevaux morts et les crimes minuscules,
à travers ton grand roi désespéré
de qui la barbe touche à la mer.

ÉGLISE ABANDONNÉE

(Ballade de la grande guerre)

J'avais un fils qui s'appelait Jean.
J'avais un fils.
Il s'est perdu sous les arcades un vendredi de tous les
[morts.
Je l'ai vu jouer dans l'ultime escalier de la messe,
il jetait un petit cube de fer-blanc dans le cœur du
[prêtre.
J'ai frappé les cercueils. Mon fils! Mon fils! Mon fils!
J'ai tiré une patte de poule de derrière la lune
puis j'ai compris que ma fille était un poisson
par où les charrettes s'éloignent.
J'avais une fille.
J'avais un poisson mort sous la cendre des encensoirs.
J'avais une mer. De quoi? Mon Dieu! Une mer!
Je montai sonner les cloches, mais les fruits avaient
et les allumettes éteintes [des vers

mangeaient les blés du printemps.
J'ai vu la transparente cigogne d'alcool
peler les têtes noires des soldats agonisants
et j'ai vu les cabanes de caoutchouc
où tournaient les coupes pleines de larmes.
Dans les anémones de l'offertoire je te trouverai, ô mon
[cœur!
quand le prêtre lèvera la mule et le bœuf dans ses bras
[robustes
pour effrayer les crapauds nocturnes qui rôdent parmi
[les paysages glacés du calice.
J'avais un fils qui était un géant,
mais les morts sont plus forts et savent dévorer des
[morceaux de ciel.
Si mon enfant avait été un ours,
je ne craindrais pas le secret des caïmans,
et je n'aurais pas vu la mer attachée aux arbres
pour que fornique et la blesse le troupeau des régiments.
Si mon enfant avait été un ours!
Je m'envelopperai de cette toile dure pour ne pas sentir
[le froid des mousses.
Je sais fort bien qu'on me donnera un habit à manches
[ou une cravate;
mais au milieu de la messe je briserai la barre et alors
s'en viendra vers la pierre la folie des pingouins et des
[mouettes
qui feront dire à ceux qui dorment et à ceux qui
[chantent aux coins des rues :
il avait un fils.
Un fils! Un fils! Un fils
qui n'était qu'à lui, parce qu'il était son fils!
Son fils! Son fils! Son fils!

III

Rues et rêves

A Rafael R. Rapún.

Un oiseau de papier dans mon cœur
dit que le temps des baisers n'est pas venu.
Vicente Aleixandre

DANSE DE LA MORT

Le masque noir ! Voyez le masque noir !
Comme il vient de l'Afrique à New York !

S'en furent les arbres à poivre,
les petits boutons de phosphore.
S'en furent les chameaux à la chair déchirée
et les vallées de lumière que le cygne levait dans son [bec.

C'était le moment des choses sèches,
de l'épi dans l'œil et du chat laminé,
de l'oxyde de fer des grands ponts
et le silence définitif du liège.

C'était la grande assemblée des animaux morts,
percés par les épées de la lumière;
l'allégresse éternelle de l'hippopotame aux sabots de [cendre
et de la gazelle avec une immortelle à la gorge.

Dans la solitude fanée, sans fond,
le masque noir bosselé dansait.
Un côté du monde était de sable,
de mercure et de soleil endormi l'autre côté.

Le masque noir! Voyez le masque noir!
Sable, caïman et peur sur New York!

Des défilés de chaux emprisonnaient un ciel vide
où retentissaient les voix de ceux qui meurent sous le guano.
Un ciel pur et pelé, identique à lui-même,
avec le duvet et l'iris aigu de ses montagnes invisibles,

fit périr les tiges les plus frêles du chant
et s'en fut au déluge empaqueté de la sève,
à travers le repos des ultimes cortèges,
soulevant de sa queue des morceaux de miroir.

Comme le Chinois pleurait sur le toit
sans trouver la nudité de sa femme
et que le directeur de banque observait le manomètre
qui mesure le cruel silence de la monnaie,
le masque noir arrivait à Wall Street.

Il n'est pas étrange pour la danse
ce columbarium qui fait les yeux jaunes.
Du sphinx au coffre-fort il y a un fil tendu
qui traverse le cœur de tous les enfants pauvres.
L'élan primitif danse avec l'élan mécanique,
ignorant dans leur frénésie la lumière originelle.
Car si la roue oublie sa formule,
elle peut chanter nue avec les troupeaux de cavales;
et si une flamme brûle les projets glacés,
le ciel devra fuir devant le tumulte des fenêtres.

Ce lieu n'est pas étrange pour la danse, je le dis.
Le masque noir dansera entre des colonnes de sang
[et de nombres,
entre les ouragans de l'or et les gémissements des
[chômeurs
qui hurleront, nuit obscure, dans ta durée sans lumière,
ô sauvage Amérique du Nord! ô impudique! ô sauvage,
couchée sur la frontière de la neige!

Le masque noir! Voyez le masque noir!
Quelle vague de fange et de ver luisant sur New York!

J'étais sur la terrasse à me débattre avec la lune.
Des essaims de fenêtres criblaient de trous une cuisse
[de la nuit.
Dans mes yeux buvaient les douces vaches du ciel.
Et les brises de longues rames
battaient les vitres cendreuses de Broadway.

La goutte de sang cherchait la lumière de la pulpe de
[l'astre
pour imiter la semence morte de la pomme.
L'air de la plaine, poussé par les bergers,
tremblait de peur comme un mollusque sans coquille.

Mais ce ne sont pas les morts qui dansent,
j'en suis sûr.
Les morts sont absorbés à dévorer leurs propres mains.
Ce sont les autres qui dansent avec le masque noir et
[sa guitare;
ce sont les autres, ivres d'argent, les hommes froids,
ceux qui grandissent à la croisée des cuisses et des
[flammes dures,

ceux qui cherchent le lombric dans le paysage des
[escaliers,
ceux qui boivent à la banque des larmes d'enfant morte
ou ceux qui mangent aux coins des rues les minuscules
[pyramides de l'aube.

Que le Pape ne danse pas!
Non, que le Pape ne danse pas!
Ni le Roi,
ni le millionnaire aux dents bleues,
ni les sèches ballerines des cathédrales,
ni constructeurs, ni esmeraldas, ni fous, ni sodomites.
Rien que ce masque noir,
ce masque avec sa vieille scarlatine,
rien que ce masque noir!

Car les cobras siffleront aux plus hauts étages,
et les orties feront frémir cours et terrasses,
et la Bourse sera une pyramide de mousse,
et viendront des lianes après les fusils,
bientôt, oui, bientôt, bientôt.
Ah! Wall Street!

Le masque noir! Voyez le masque noir!
comme il crache un poison de forêt
sur l'angoisse imparfaite de New York!

Décembre 1929.

PAYSAGE DE LA FOULE QUI VOMIT

(Crépuscule sur Coney Island)

La grosse femme venait en tête,
arrachant les racines et mouillant le parchemin des
la grosse femme [tambours;
qui tourne à l'envers les poulpes agonisants.

La grosse femme, ennemie de la lune,
courait dans les rues et les logements inhabités,
laissait dans les coins de petits crânes de colombes,
faisait lever les fureurs des banquets des derniers siècles,
appelait le démon du pain sur les collines du ciel balayé
et filtrait une angoisse de lumière dans les couloirs
[souterrains.
Ce sont les cimetières, je le sais, ce sont les cimetières
et la douleur des cuisines enterrées sous le sable,
ce sont les morts, les faisans et les pommes d'une autre
qui nous poussent à la gorge. [heure

Venaient les rumeurs de la forêt du vomissement
avec les femmes vides, avec des enfants de cire chaude,
avec des arbres fermentés et des maîtres d'hôtel infa-
[tigables
qui servent des plats de sel sous les harpes de la salive.
On n'y peut rien, mon fils, vomis! On n'y peut rien.

Ce n'est pas le vomissement des hussards sur les seins
[de la prostituée,
ni le vomissement du chat qui a avalé une grenouille
[par distraction :
ce sont les morts qui griffent de leurs mains de terre
les portes de silex où pourrissent nuées et desserts.

La grosse femme venait en tête
avec les gens des bateaux, des cabarets et des jardins.
Le vomissement secouait délicatement ses tambours
parmi des fillettes de sang
qui demandaient protection à la lune.
Malheur, malheur, malheur à moi!
Ce mien regard fut mien, mais il n'est plus le mien,
ce regard qui tremble nu dans l'alcool
et qui lance d'incroyables navires
parmi les anémones des quais.
Je me défends par ce regard
qui sourd des ondes où l'aube ne se risque pas,
moi, poète sans bras, perdu
dans la foule qui vomit,
sans cheval effusif qui coupe
la mousse épaisse de mes tempes.

Mais la grosse femme allait toujours en tête
et les gens cherchaient les pharmacies
où se fixe le tropique amer.
Quand on hissa le drapeau et qu'arrivèrent les premiers
[chiens,
alors seulement la ville entière se jeta aux parapets de
[l'embarcadère.

New York, 29 décembre 1929.

PAYSAGE DE LA FOULE QUI URINE

(Nocturne de Battery Place)

Ils restèrent seuls :
ils attendaient la vitesse des dernières bicylettes.
Elles restèrent seules :
elles attendaient la mort d'un enfant sur le voilier [japonais.
Ils restèrent seuls et elles seules
rêvant aux becs ouverts des oiseaux agonisants,
au parasol pointu qui pique
le crapaud qu'on vient d'écraser,
sous un silence à mille oreilles
et à minuscules bouches d'eau
dans les défilés qui résistent
à l'assaut violent de la lune.
L'enfant sur le voilier pleurait et les cœurs se brisaient,
angoissés par le témoin et par la veille de toutes les [choses
et parce que sur le sol céleste aux noires ornières
criaient encore des noms obscurs, des salives, des radios [de nickel.
N'importe que l'enfant se taise quand on lui plante la [dernière épingle,
n'importe la défaite de la brise dans la corolle du coton,
parce qu'il y a un monde de la mort avec des marins [définitifs

qui paraîtront aux arcades et vous glaceront par-derrière
[les arbres.
Il est inutile de chercher le tournant
où la nuit oublie son voyage
et de guetter un silence qui n'ait
ni vêtements déchirés ni coquilles ni pleurs,
car le seul banquet minuscule de l'araignée
suffit à rompre l'équilibre de tout le ciel.
Il n'est pas de remède au gémissement du voilier japonais,
ni pour ces gens qui se cachent et butent au coin des
[rues.
La campagne se mord la queue pour unir en un point
[les racines
et la pelote cherche dans l'herbe où satisfaire son désir
[de longueur.
La lune! Les policiers. Les sirènes des transatlantiques!
Façades de crin, de fumée; anémones, gants de
Tout est brisé par la nuit, [caoutchouc.
jambes écartées sur les terrasses.
Tout est brisé par les tièdes tubulures
d'une terrible fontaine silencieuse.
O peuples! O femmes de peu! O soldats!
Il faudra voyager par les yeux des idiots,
champs libres où sifflent de doux cobras éblouis,
paysages pleins de sépulcres qui produisent des pommes
pour que vienne la lumière sans mesure [si fraîches,
que redoutent les riches derrière leurs lupanars,
l'odeur d'un seul corps au double versant de lis et de
et pour que brûlent ces gens qui peuvent uriner [rat,
[autour d'un gémissement
ou sur les vitres où l'on comprend les vagues jamais
[répétées.

ASSASSINAT

(Deux voix au petit jour dans River Side Drive)

— *Comment cela s'est-il fait?*
— Une balafre à la joue.
C'est tout!
Un ongle qui serre la tige.
Une épingle qui fouille
jusqu'à trouver les radicelles du cri.
Et la mer cesse de bouger.
— *Comment, comment cela s'est-il fait?*
— Comme ça.
— *Laisse-moi! De cette façon?*
— Oui.
Le cœur est sorti tout seul.
— *Ah! Malheur à moi!*

NOËL SUR L'HUDSON

Cette éponge grise!
Ce marin qu'on vient d'égorger.
Ce grand fleuve.
Cette brise aux limites sombres.

Ce tranchant, amour, ce tranchant.
Les quatre marins luttaient avec le monde,
le monde plein d'arêtes que voient tous les yeux,
le monde qu'on ne peut parcourir sans chevaux.
Ils étaient un, cent, mille marins,
à lutter avec le monde aux vitesses aiguës,
sans savoir que le monde
était seul dans le ciel.

Le monde seul dans le ciel seul.
Ce sont les collines de marteaux et le triomphe de l'herbe
[drue.
Ce sont les vives fourmilières et les pièces de monnaie
[dans la fange.
Le monde seul dans le ciel seul
et l'air à la sortie de tous les villages.

Le lombric chantait la terreur de la roue,
et le marin égorgé
chantait les ours de l'eau qui allaient l'étreindre;
et tous chantaient alleluia,
alleluia. Ciel désert.
Ça ne fait rien, mais rien! alleluia!

J'ai passé toute la nuit sur les échafaudages des
[faubourgs,
j'ai laissé mon sang sur les stucs des projets,
j'ai aidé les marins à replier les voiles déchirées.
Et me voici les mains vides dans la rumeur de l'embou-
Il n'importe qu'à chaque minute [chure.
un nouvel enfant agite les tendres rameaux de ses veines,

ni que la vipère, mettant bas sous les branches,
calme la soif de sang de ceux qui regardent le nu.
Ce qui importe, voici : le creux. Le monde seul.
D'aube, point. Fable inerte. [L'embouchure.
Embouchure : rien d'autre.
O mon éponge grise!
O mon cou que l'on vient de trancher!
O mon grand fleuve!
O ma brise dont les limites ne sont pas miennes!
O tranchant de mon amour, tranchant qui blesse!

New York, 27 décembre 1929.

VILLE SANS SOMMEIL

(Nocturne de Brooklyn Bridge)

Personne ne dort dans le ciel. Personne, personne.
Personne ne dort.
Les créatures de la lune flairent et rôdent autour de [leurs cabanes.
Viendront les iguanes vivants mordre les hommes qui [ne rêvent pas
et celui qui fuit, le cœur brisé, trouvera aux coins des [rues
l'incroyable crocodile tranquille sous la tendre protestation des astres.

Personne ne dort dans le monde. Personne, personne.
Personne ne dort.

Il y a un mort au cimetière le plus lointain,
qui se plaint trois ans
parce qu'il a un paysage sec dans un genou;
et l'enfant qu'on a enterré ce matin pleurait si fort
qu'il fallut appeler les chiens pour le faire taire.

La vie n'est pas un songe. Alerte! Alerte! Alerte!
Nous roulons en bas des escaliers pour manger la terre
[humide
ou nous montons au fil de la neige avec le chœur des
[dahlias morts.
Mais il n'y a oubli ni songe :
chair vive. Les baisers lient les bouches
dans une broussaille de veines récentes
et qui a mal à son mal aura mal sans repos
et qui a peur de la mort la portera sur ses épaules.

Un jour
les chevaux vivront dans les tavernes
et les fourmis furieuses
attaqueront les ciels jaunes qui se réfugient aux yeux
[des vaches.
Un autre jour
nous verrons la résurrection des papillons disséqués
et même en marchant dans un paysage d'éponges grises
[et de bateaux muets
nous verrons briller notre anneau et sourdre des roses
[de notre langue.
Alerte! Alerte! Alerte!
Ceux qui gardent encore trace des griffes et de l'averse,
ce garçon qui pleure parce qu'il ignore l'invention du
[pont
ou ce mort qui n'a plus que la tête et un soulier,
il faut les mener au mur où attendent iguanes et serpents,
où attend la denture de l'ours,
où attend la main momifiée de l'enfant

et où la peau du chameau se hérisse dans un violent
[frisson bleu.

Personne ne dort dans le ciel. Personne, personne.
Personne ne dort.
Mais si quelqu'un ferme les yeux,
fouettez-le, mes fils, fouettez-le!
Qu'il y ait un panorama d'yeux ouverts
et de plaies amères enflammées.
Personne ne dort par le monde. Personne, personne.
Je l'ai déjà dit.
Personne ne dort.
Mais si quelqu'un, la nuit, a trop de mousse aux tempes,
ouvrez les écoutilles afin qu'il voie sous la lune
les fausses coupes, le poison et la tête de mort des
[théâtres.

PANORAMA AVEUGLE DE NEW YORK

Si ce ne sont pas les oiseaux
couverts de cendre,
si ce ne sont pas les gémissements qui frappent les
[fenêtres de la noce,
ce doivent être les délicates créatures de l'air
qui font sourdre le sang neuf dans l'obscurité
[inextinguible.
Mais non, ce ne sont pas les oiseaux,
parce que les oiseaux sont sur le point d'être des bœufs;

ils peuvent être roches blanches avec l'aide de la lune
et ils sont toujours enfants blessés
avant que les juges ne lèvent le voile.

Tous comprennent la douleur qui a trait à la mort,
mais la vraie douleur n'est pas présente à l'esprit.
Elle n'est ni dans l'air ni dans notre vie,
ni sur ces terrasses pleines de fumée.
La vraie douleur qui tient les choses éveillées
est une petite brûlure infinie
dans les yeux innocents des autres systèmes.

Un costume abandonné pèse si lourd sur les épaules
que souvent le ciel en fait d'âpres troupeaux.
Et celles qui meurent en couches savent à l'heure
[suprême
que toute rumeur sera pierre et toute trace battement.
Nous ignorons que la pensée a des faubourgs
où le philosophe est dévoré par les Chinois et les
[chenilles.
Et quelques enfants idiots ont trouvé dans les cuisines
de petites hirondelles avec des béquilles,
qui savaient prononcer le mot amour.

Non, ce ne sont pas les oiseaux.
Ce n'est pas un oiseau qui exprime la fièvre trouble
[de marécage
ni le violent désir d'assassinat qui nous oppresse à
[chaque instant,
ni le bruit métallique de suicide qui nous anime chaque
[matin.
C'est une capsule d'air où le monde entier nous est
[douloureux,

c'est un petit espace vivant au fol unisson de la lumière,
c'est une échelle indéfinissable où nuages et roses
[oublient
la criaillerie chinoise qui grouille au débarcadère du
Souvent je me suis perdu [sang.
à chercher la brûlure qui tient les choses éveillées
et je n'ai trouvé que marins couchés sur les balustrades
et de petites créatures du ciel ensevelies sous la neige.
Mais la vraie douleur était en d'autres places
où les poissons cristallisés agonisaient dans les troncs
[d'arbres;
places du ciel étranger pour les antiques statues
et pour la tendre intimité des volcans. [indemnes

Il n'y a pas de douleur dans la voix. Seules existent
[les dents,
mais des dents qui se tairont, isolées par le satin noir.
Pas de douleur dans la voix. Ici n'existe que la Terre.
La terre avec ses portes de toujours
qui mènent à la rougeur des fruits.

NAISSANCE DU CHRIST

Un berger demande une mamelle pour la neige qui
[ondule
en chiens blancs couchés entre de sourdes lanternes.
Le petit Christ de terre cuite s'est coupé les doigts
sur les tranchants éternels du bois cassé.

Voici venir les fourmis et les pieds transis!
Deux minces filets de sang fendillent le ciel dur.
Les ventres du démon répercutent dans les vallées
des coups, des résonances d'une chair de mollusque.

Loups et crapauds chantent dans les fournaises vertes
couronnées par les vives fourmilières de l'aube.
La lune fait un songe de grands éventails
et le taureau rêve d'un taureau de trous et d'eau.

L'enfant pleure et regarde avec un trois sur le front.
Saint Joseph voit dans le foin trois épines de bronze.
Les langes exhalent une rumeur de désert,
de cithares sans cordes et de voix égorgées.

La neige de Manhattan pousse les papiers d'annonces
et porte une grâce pure dans les fausses ogives.
Prêtres idiots et chérubins de plume
marchent derrière Luther par les hauts coins de rues.

L'AURORE

L'aurore de New York
a quatre colonnes de vase
et un ouragan de noires colombes
qui barbotent dans l'eau pourrie.

L'aurore de New York gémit
dans les immenses escaliers,
cherchant parmi les angles vifs
les nards de l'angoisse dessinée.

L'aurore vient et nul ne la reçoit dans sa bouche
parce qu'il n'y a là ni matin ni possible espérance.
Parfois les pièces de monnaie en essaims furieux
percent et dévorent des enfants abandonnés.

Les premiers qui sortent comprennent dans leurs os
qu'il n'y aura ni paradis ni amours effeuillées;
ils savent qu'ils vont à la fange des nombres et des lois,
aux jeux sans art, aux sueurs sans fruit.

La lumière est ensevelie sous les chaînes et les bruits
en un défi impudique de science sans racines.
Il y a par les faubourgs des gens qui titubent
[d'insomnie
comme s'ils venaient de sortir d'un naufrage de sang.

IV

Poèmes du lac Edem Mills

A Eduardo Ugarte.

DOUBLE POÈME DU LAC EDEM

Nos brebis paissent, la brise souffle.
Garcilaso.

Ma voix ancienne
ignorait les sucs amers et denses.
Je la devine qui lèche mes pieds
sous les frêles fougères mouillées.

O voix ancienne de mon amour,
ô voix de ma vérité,
ô voix de mon flanc ouvert,
quand toutes les roses jaillissaient de ma langue,
quand le gazon ne connaissait l'impassible denture du
[cheval!

Tu es ici à boire mon sang,
à boire mon humeur d'enfant ennuyeux,
tandis que mes yeux se brisent dans le vent
avec l'aluminium et les voix des ivrognes.

Laisse-moi passer la porte
où Ève mange des fourmis
et Adam féconde des poissons éblouis.
Laisse-moi passer, petit homme cornu,
dans le bois où l'on étire son corps
et où l'on saute gaîment.
Je sais l'usage le plus secret
d'une vieille épingle oxydée
et je sais l'horreur des yeux éveillés
sur la surface concrète de l'assiette.

Mais je ne veux ni monde ni songe, voix divine,
je veux ma liberté, mon amour humain,
dans le coin le plus sombre de la brise, que nul ne [veuille.
Mon amour humain!

Ces chiens de mer se poursuivent
et le vent guette des troncs négligés.
O voix ancienne, brûle de ta langue
cette voix de fer-blanc et de talc!

Je veux pleurer parce que j'en ai envie
comme pleurent les enfants du dernier banc,
parce que je ne suis homme, poète ni feuille,
mais pulsation blessée qui sonde les choses de l'autre [côté.
Je veux pleurer en disant mon nom,
rose, enfant et sapin au bord de ce lac,
pour dire ma vérité d'homme de sang
en tuant en moi la raillerie et la suggestion du mot.

Non, non, je n'interroge pas, je désire,
ô ma voix libérée qui me lèche les mains.

Dans le labyrinthe de paravents, c'est ma nudité qui
[reçoit
la lune de châtiment et l'horloge couverte de cendres.
Ainsi parlais-je.
Ainsi parlais-je quand Saturne arrêta les trains
et que la brume et le Songe et la Mort me cherchaient.
Ils me cherchaient
là où mugissent les vaches qui ont de petites pattes de
[page
et là où mon corps flotte entre les équilibres contraires.

CIEL VIF

Je ne pourrai me plaindre
si je n'ai pas trouvé ce que je cherchais.
Près des pierres sans suc et des insectes vides
je ne verrai pas le duel du soleil avec les créatures de
[chair vive.

Mais j'irai vers le premier paysage
de chocs, de liquides et de rumeurs
qui perce le nouveau-né
et où toute surface est évitée,
pour comprendre que ce que je cherche aura son but
[d'allégresse
quand je m'envolerai mêlé à l'amour et aux sables.

Là n'arrive pas le givre des yeux éteints
ni le mugissement de l'arbre assassiné par la chenille.
Là toutes les formes gardent entrelacées
une seule expression frénétique d'avancement.

Tu ne peux avancer par les essaims de corolles
parce que l'air dissout tes dents de sucre,
et tu ne peux caresser la feuille fugace de la fougère
sans ressentir l'émerveillement définitif de l'ivoire.

Là sous les racines et dans la moelle de l'air
on comprend la vérité des choses qui se trompent,
le nageur de nickel qui guette l'onde la plus fine
et le troupeau de vaches nocturnes avec leurs rouges
[petites pattes de femme.

Je ne pourrai me plaindre
si je n'ai pas trouvé ce que je cherchais;
mais j'irai vers le premier paysage d'humidités et de
[battements
pour comprendre que ce que je cherche aura son but
[d'allégresse
quand je m'envolerai mêlé à l'amour et aux sables.

Frais envol de toujours dessus les couches vides,
sur l'ensemble des brises, des bateaux échoués.
Faux pas titubant parmi la dure et fixe éternité,
amour enfin sans aube. Amour. Amour visible!

Edem Mills, Vermont, 24 août 1929.

V

Dans la cabane du farmer

(Campagne de Newburg)

A Concha Méndez et Manuel Altolaguirre.

L'ENFANT STANTON

— *Do you like me?*
— *Yes, and you?*
— *Yes, yes.*

Quand je suis seul
il me reste encore tes dix ans,
les trois chevaux aveugles,
tes quinze visages avec le visage du coup de caillou
et les petites fièvres glacées sur les feuilles du maïs.
Stanton, mon fils, Stanton.
A minuit le cancer sortait dans les couloirs
et parlait aux escargots vides des documents,
le très vif cancer plein de nuées et de thermomètres
avec son chaste désir de pomme pour que le piquent
[les rossignols.
Dans la maison où il n'y a pas de cancer

les murs blancs se brisent dans le délire de l'astronomie
et dans les étables les plus petites et sur les croix des
brille de longues années la lueur de la brûlure. [forêts
Ma douleur saignait le long des après-midi
quand tes yeux étaient deux murs,
quand tes mains étaient deux pays
et mon corps rumeur de l'herbe.
Mon agonie cherchait son vêtement,
poussiéreuse, mordue par les chiens,
et tu l'accompagnas sans trembler
jusqu'à la porte de l'eau sombre.
O mon Stanton, idiot et beau parmi les animaux tout
[petits,
avec ta mère fracturée par les forgerons de village,
avec un frère sous les arcades,
un autre mangé par les fourmilières,
et le cancer sans barbelés, qui palpite dans les chambres!
Il y a des nourrices qui donnent aux enfants
des rivières de mousse et une amertume debout,
et quelques négresses montent aux étages pour distribuer
Car il est vrai que les gens [un filtre de rat.
veulent jeter les colombes aux égouts
et je sais ce qu'espèrent ceux qui dans la rue
nous pressent soudain le bout des doigts.

Ton ignorance est une montagne de lions, Stanton.
Le jour où le cancer t'a fouetté,
t'a craché au dortoir où les hôtes moururent d'épidémie,
a ouvert sa rose brisée de vitres sèches et de mains
[molles
pour éclabousser de boue les pupilles de ceux qui
[naviguent,

tu as cherché dans l'herbe mon agonie,
mon agonie aux fleurs de terreur,
tandis que l'aigre cancer muet qui veut coucher avec toi
pulvérisait des paysages rouges sur les draps
et mettait sur les cercueils [d'amertume,
des arbrisseaux gelés d'acide borique.
Stanton, va-t'en à la forêt avec tes harpes juives,
va-t'en apprendre des paroles célestes
qui dorment aux troncs des arbres, dans les nuages,
les chiens endormis, le plomb, le vent, [les tortues,
les iris sans sommeil et les eaux sans reflet,
afin d'apprendre, mon fils, ce que ton peuple oublie.
Quand commencera le tumulte de la guerre
je laisserai au bureau un morceau de fromage pour
Tes dix ans seront les feuilles [ton chien.
qui volent sur les costumes des morts,
dix roses de soufre débile
sur l'épaule de mon petit jour.
Et moi, Stanton, moi seul, oublié,
tes visages fanés sur ma bouche,
je pénétrerai à grands cris les vertes statues de la
[Malaria.

VACHE

A Luis Lacasa.

La vache blessée se coucha.
Arbres et ruisseaux grimpaient le long de ses cornes.
Son museau saignait dans le ciel.

Son museau d'abeilles
sous la lente moustache de la bave.
Un hurlement blanc mit le matin debout.

Les vaches mortes et les vivantes,
rougeur de lumière ou miel d'étable,
meuglaient les yeux mi-clos.

Sachent les racines
et cet enfant qui aiguise son couteau,
qu'ils peuvent enfin manger la vache.

Là-haut pâlissent
lumières et jugulaires.
Quatre sabots tremblent dans l'air.

Sachent la lune
et cette nuit de roches jaunes :
s'en est allée la vache de cendre.

S'en est allée meuglant
par l'écroulement des cieux glacés
où les ivrognes font collation de mort.

PETITE FILLE NOYÉE DANS LE PUITS

(Grenade et Newburg)

Les statues souffrent par les yeux avec l'obscurité des
[cercueils,
mais elles souffrent bien plus par l'eau qui ne se déverse.
Qui ne se déverse.

Le peuple courait sur les créneaux en cassant les
[lignes des pêcheurs.
Vite! Au bord! Pressons! Et les étoiles tendres
[coassaient.
...qui ne se déverse.

Tranquille dans mon souvenir, astre, cercle, but,
tu pleures par les bords d'un œil de cheval.
...qui ne se déverse.

Mais nul dans l'obscur ne pourra te donner la distance,
sans limite acérée, avenir de diamant.
...qui ne se déverse.

Tandis que les gens cherchent des silences d'oreiller
tu bats pour toujours enserrée dans ton anneau.
...qui ne se déverse.

Éternelle aux extrêmes d'une onde qui accepte
combat de racines et solitude prévue.
...qui ne se déverse.

On vient, on vient par les rampes! Lève-toi hors de
[l'eau!
Chaque point de lumière te donnera une chaîne!
...qui ne se déverse.

Mais le puits te tend ses petites mains de mousse,
ondine insoupçonnée de sa chaste ignorance.
...qui ne se déverse.

Non, qui ne se déverse. Eau fixe en un point,
eau qui respire avec tous ses violons sans cordes
sur l'échelle des blessures et les édifices inhabités.
Eau qui ne se déverse!

VI

Introduction à la mort

Poèmes de la solitude à Vermont

Pour Rafael Sánchez Ventura.

MORT

Quel effort!
Quel effort du cheval pour être chien!
Quel effort du chien pour être hirondelle!
Quel effort de l'hirondelle pour être abeille!
Quel effort de l'abeille pour être cheval!
Et le cheval,
quelle flèche aiguë il tire de la rose!
quelle rose grise il lève de son museau!
Et la rose,
quel troupeau de lumières et de hurlements
elle attache au sucre vivant de sa tige!
Et le sucre,
quels petits poignards il rêve tout éveillé!
Et les minuscules poignards,
quelle lune sans étable! quels nus,

peau éternelle et rougeur, ne cherchent-ils!
Et parmi les auvents,
quel séraphin de flamme je cherche, moi qui le suis!
Mais l'arc de plâtre,
qu'il est grand, invisible, minuscule,
sans effort!

NOCTURNE EN CREUX

I

Pour voir que tout s'en est allé,
pour voir les creux et les vêtements,
donne-moi ton gant de lune,
ton autre gant perdu dans l'herbe,
mon amour!

L'air peut arracher les escargots
morts sur le poumon de l'éléphant
et souffler les vers figés de froid
sur les bourgeons de lumière ou sur les pommes.

Les visages voguent impassibles
sous la criaillerie minuscule des herbes
et dans le coin est la poitrine de la grenouille
trouble de cœur et de mandoline.

Sur la grand-place déserte
mugissait la tête bovine qu'on venait de couper
et elles étaient dur cristal définitif
les formes qui cherchaient le tour du serpent.

Pour voir que tout s'en est allé,
donne-moi ton creux muet, mon amour !
Nostalgie d'académie et de ciel triste.
Pour voir que tout s'en est allé !

En toi, mon amour, dans ta chair,
quel silence de trains renversés !
Que de bras de momie en fleur !
Quel ciel sans issue, amour, quel ciel !

La pierre dans l'eau et la voix dans la brise
sont les bords de l'amour qui s'échappent de son tronc [sanglant.
Il suffit de toucher le pouls de notre amour présent
pour que poussent des fleurs sur les autres enfants.

Pour voir que tout s'en est allé.
Pour voir les creux des nuées et des fleuves.
Donne-moi tes mains de laurier, amour.
Pour voir que tout s'en est allé !

Sur moi, sur toi, dans l'aube roulent les creux purs
qui gardent les traces des branches de sang
et quelque profil de plâtre tranquille qui dessine
la douleur instantanée d'une lune poignardée.

Vois ces formes concrètes qui cherchent leur vide.
Des chiens égarés et des pommes mordues.
Vois le désir, l'angoisse d'un triste monde fossile
qui ne trouve pas l'accent de son premier sanglot.

Je cherchais dans mon lit les rumeurs du fil :
alors tu es venu, mon amour, couvrir mon toit.
Le creux d'une fourmi peut remplir l'air,
mais tu vas sans boussole, gémissant par mes yeux.

Non, pas dans mes yeux : voici que tu me montres
quatre fleuves ceinturés de ton bras,
dans la chaumière dure où la lune prisonnière
dévore un marin en présence des enfants.

Pour voir que tout s'en est allé,
amour inexpugnable, amour enfui !
Non, ne me donne pas ton creux :
le mien déjà vole dans l'air !
Malheur à toi, à moi, à la brise !
Pour voir que tout s'en est allé.

II

Moi.
Avec le creux très blanc d'un cheval,
crinière de cendre. Place pure et double.

Moi.
Mon creux de part en part percé, les aisselles brisées.
Peau sèche de raisin neutre, amiante du petit jour.

Toute la lumière du monde tient dans un œil.
Le coq chante et son chant dure plus que ses ailes.

Moi.
Avec le creux très blanc d'un cheval.
Entouré de spectateurs qui ont des fourmis dans leurs [paroles.

Dans le cirque du froid sans profil mutilé.
Par les chapiteaux brisés des joues vidées de sang.

Moi.
Mon creux sans toi, cité, sans tes morts qui mangent.
Équestre par ma vie définitivement ancrée.

Moi.
Pas de siècle nouveau ni récente lumière.
Rien qu'un cheval bleu et le petit jour.

PAYSAGE AVEC DEUX TOMBES ET UN CHIEN ASSYRIEN

Ami,
lève-toi pour entendre hurler
le chien assyrien.
Les trois nymphes du cancer ont dansé,
mon fils.
Elles ont apporté des montagnes de cire rouge
et des draps durs où le cancer était endormi.
Le cheval avait un œil dans le cou
et la lune était dans un ciel si froid
qu'elle dut déchirer son mont de Vénus,
étouffer dans le sang et la cendre les cimetières anciens.

Ami,
réveille-toi : les montagnes ne respirent pas encore
et les herbes de mon cœur sont en un autre lieu.
N'importe que tu sois plein d'eau de mer.

J'ai longtemps aimé un enfant
qui avait une petite plume sur la langue
et nous vécûmes cent ans dans un couteau.
Réveille-toi. Tais-toi. Écoute. Redresse-toi un peu.
Le hurlement
est une longue langue violette qui laisse
des fourmis d'épouvante et une liqueur d'iris.
Il vient vers le rocher. N'allonge pas tes racines!
Il approche. Il gémit. Ne sanglote pas en rêve, ami.

Ami!
Lève-toi pour entendre hurler
le chien assyrien.

RUINE

A Regino Sáinz de la Maza.

Sans se trouver,
voyageur sur son propre torse blanc,
ainsi allait-il dans l'air!

On vit bientôt que la lune
était un crâne de cheval
et l'air une pomme obscure.

Derrière la fenêtre,
fouets et lumières, on sentait
la lutte du sable avec l'eau.

Je vis arriver l'herbe
et lui lançai un agneau qui bêlait
sous ses petites dents et ses lancettes.

Volait dans une goutte
la coquille de plume et de celluloïd
de la première colombe.

Les nuées en troupeau
s'endormirent en contemplant
le duel des rochers avec l'aube.

Voici venir l'herbe, mon fils.
Entends sonner ses épées de salive
à travers le ciel vide.

Ma main, amour. L'herbe!
Sur les vitres brisées de la maison
le sang a dénoué ses chevelures.

Nous restons toi seul et moi.
Prépare ton squelette pour l'air.
Moi seul et toi nous restons.

Prépare ton squelette.
Il faut vite chercher, vite, amour,
notre profil sans sommeil.

LUNE ET PANORAMA DES INSECTES

(Poème d'amour)

La lune sur la mer se joue,
dans la voile gémit le vent
qui soulève si doucement
les vagues d'argent et d'azur.

Espronceda.

Mon cœur aurait la forme d'un soulier
si chaque village avait une sirène.
Mais la nuit est interminable quand elle s'appuie sur les
[malades
et il y a des bateaux qui veulent qu'on les regarde pour
[pouvoir sombrer tranquilles.

Si l'air souffle doucement
mon cœur a la forme d'une petite fille.
Si l'air refuse de sortir des cannaies
mon cœur a la forme d'une millénaire bouse de taureau.

Voguer, voguer, voguer, voguer,
vers le bataillon aux pointes inégales,
vers un paysage de guets pulvérisés.
Nuit égale de la neige, des systèmes suspendus.
Et la lune.

La lune!
Mais non, pas la lune.
Le renard des tavernes,
le coq japonais qui s'est mangé les yeux,
les herbes mastiquées.

Point ne nous sauvent les ténias sur les vitres,
ni les herbiers où le métaphysicien
trouve les autres versants du ciel.
Mensonge que les formes. Seul existe
le cercle de bouches de l'oxygène.
Et la lune.
Mais non, pas la lune.
Les insectes,
les morts tout petits sur les rivages,
douleur en long,
iode en un point,
les foules sur l'épingle,
le nu qui pétrit le sang de tous,
et mon amour qui n'est pas un cheval ni une brûlure,
créature d'une poitrine dévorée.
Mon amour!

Voici qu'ils chantent, crient, gémissent : Visage, Ton visage!
[Visage.

Les pommes sont unes,
les dahlias sont identiques,
la lumière a une saveur de métal achevé [pièce de monnaie.
et la campagne de tout un lustre tiendra sur la joue d'une
Mais ton visage couvre les cieux du banquet.
Ils chantent, crient, gémissent,
couvrent, grimpent, font peur!

Il faut aller, bien vite! par les ondes, par les branches,
par les rues inhabitées du moyen âge, qui descendent à
[la rivière,
par les boutiques de fourrures où sonne une corne de
[vache blessée,
par les échelles, sans peur! par les échelles.
Il y a un homme blafard qui se baigne dans la mer;
il est si tendre que les réflecteurs, en se jouant, lui ont
[mangé le cœur.
Et au Pérou vivent mille femmes, oh insectes!, qui nuit
[et jour
entrecroisent dans les nocturnes et les défilés leurs
[propres veines.

Un petit gant corrosif m'arrête. Il suffit!
Dans mon mouchoir j'ai entendu le crac
de la première veine qui se brise.
Prends soin de tes pieds, mon amour! de tes mains!
puisqu'il me faut livrer mon visage,
mon visage, mon visage! ah! mon visage mangé!

Ce feu chaste pour mon désir,
cette confusion par souci d'équilibre,
cette innocente douleur de poudre dans mes yeux,
allégeront l'angoisse d'un autre cœur
dévoré par les nébuleuses.

Point ne nous sauvent les gens des magasins de
[chaussures
ni les paysages qui deviennent musique au contact des
[clés oxydées.
Mensonge que l'air. Seul existe
au grenier un petit berceau

qui se rappelle toutes choses.
Et la lune.
Mais non, pas la lune.
Les insectes,
les insectes seuls,
crépitants, mordants, frémissants, groupés,
et la lune
avec un gant de fumée, assise à la porte de ses
La lune! [éboulements.

New York, 4 janvier 1930.

VII

Retour à la ville

Pour Antonio Hernández Soriano.

NEW YORK
OFFICINE ET DÉNONCIATION

A Fernando Vela.

Sous les multiplications
il y a une goutte de sang de canard.
Sous les divisions
Il y a une goutte de sang de marin.
Sous les additions, un fleuve de sang tendre;
un fleuve qui avance en chantant
par les chambres des faubourgs,
qui est argent, ciment ou brise
dans l'aube menteuse de New York.
Les montagnes existent, je le sais.
Et les lunettes pour la science,
je le sais. Mais je ne suis pas venu voir le ciel.
Je suis venu voir le sang trouble,
le sang qui porte les machines aux cataractes

et l'esprit à la langue du cobra.
Tous les jours on tue à New York
quatre millions de canards,
cinq millions de porcs,
deux mille pigeons pour le plaisir des agonisants,
un million de vaches,
un million d'agneaux
et deux millions de coqs
qui font voler les cieux en éclats.
Mieux vaut sangloter en aiguisant son couteau
ou assassiner les chiens dans les hallucinantes chasses à
que résister dans le petit jour [courre,
aux interminables trains de lait,
aux interminables trains de sang
et aux trains de roses aux mains liées
par les marchands de parfums.
Les canards et les pigeons,
les porcs et les agneaux
mettent leurs gouttes de sang
sous les multiplications;
et les terribles hurlements des vaches étripées
emplissent de douleur la vallée
où l'Hudson s'enivre d'huile.
Je dénonce tous ceux
qui ignorent l'autre moitié,
la moitié non rachetable
qui élève ses montagnes de ciment
où battent les cœurs
des humbles animaux qu'on oublie
et où nous tomberons tous
à la dernière fête des tarières.
Je vous crache au visage.
L'autre moitié m'écoute,

dévorant, chantant, volant dans sa pureté
comme les enfants des conciergeries
qui portent de fragiles baguettes
dans les trous où s'oxydent
les antennes des insectes.
Ce n'est pas l'enfer, c'est la rue.
Ce n'est pas la mort, c'est la boutique de fruits.
Il y a un monde de fleuves brisés et de distances
[insaisissables
dans la petite patte de ce chat, cassée par l'automobile,
et j'entends le chant du lombric
dans le cœur de maintes fillettes.
Oxyde, ferment, terre secouée.
Terre toi-même qui nages dans les nombres de l'officine.
Que vais-je faire : mettre en ordre les paysages?
Mettre en ordre les amours qui sont ensuite
[photographies,
qui sont ensuite morceaux de bois et bouffées de sang?
Non, non; je dénonce,
je dénonce la conjuration
de ces officines désertes
qui n'annoncent pas à la radio les agonies,
qui effacent les programmes de la forêt,
et je m'offre à être mangé par les vaches étripées
quand leurs cris emplissent la vallée
où l'Hudson s'enivre d'huile.

CIMETIÈRE JUIF

Les joyeuses fièvres s'enfuirent vers les câbles des
[navires
et le juif poussa la grille avec la pudeur glacée de
de la laitue. [l'intérieur

Les enfants du Christ dormaient
et l'eau était une colombe
et le bois était un héron
et le plomb était un colibri
et même les vives prisons de feu
étaient consolées par le bond de la sauterelle.

Les petits garçons du Christ voguaient et les juifs
d'un seul cœur de colombe [couvraient les murs
par lequel tous voulaient échapper.
Les petites filles du Christ chantaient et les juives
[regardaient la mort
avec un seul œil de faisan,
vitrifié par l'angoisse d'un million de paysages.

Les médecins posent sur le nickel leurs ciseaux et leurs
[gants de caoutchouc
quand les cadavres sentent dans leurs pieds
la terrible clarté d'une autre lune enterrée.

De petites douleurs indemnes s'approchent des hôpitaux
et les morts ôtent chaque jour un costume de sang.

Les architectures de givre,
les lyres gémissantes qui s'échappent des menues feuilles
en automne, mouillant les versants ultimes,
s'éteignaient dans le noir des chapeaux hauts de forme.

L'herbe céleste et seule que fuit peureusement la rosée,
et les blanches entrées de marbre qui conduisent à l'air
[dur
montraient leur silence brisé par les traces endormies
[des souliers.

Le juif poussa la grille;
mais le juif n'était pas un havre
et les barques de neige se groupèrent
sur les petits escaliers de son cœur :
les barques de neige qui guettent
un homme d'eau pour les noyer,
les barques des cimetières
qui parfois rendent les visiteurs aveugles.

Les enfants du Christ dormaient
et le juif occupa sa litière.
Trois mille juifs pleuraient dans l'épouvante des galeries
parce qu'à eux tous ils avaient à grand-peine une demi-
[colombe,
parce que l'un avait la roue d'une montre,
l'autre un butin plein de chenilles parlantes,
celui-là une pluie nocturne chargée de chaînes,
l'autre enfin l'ongle d'un rossignol vivant;
et parce que la demi-colombe gémissait
en répandant un sang qui n'était pas le sien.

Les joyeuses fièvres dansaient sur les coupoles humides
et la lune reflétait dans son marbre
de vieux noms et des rubans fanés.
Vinrent ceux qui mangent derrière les colonnes glacées
et les ânes aux dents blanches
avec les spécialistes des articulations.
De verts tournesols tremblaient
dans les steppes du crépuscule
et tout le cimetière était une plainte
de bouches de carton et de chiffon sec.
Déjà s'endormaient les enfants du Christ
quand le juif, serrant les yeux,
se coupa les mains en silence
en entendant les premiers gémissements.

New York, 18 janvier 1930.

VIII

Deux odes

A mon éditeur Armand Guibert.

CRI VERS ROME

(Du haut de la tour du Crysler Building)

Pommes légèrement blessées
par de fines épées d'argent,
nuages déchirés par une main de corail
qui porte au dos une amande de feu,
poissons d'arsenic comme des requins,
requins comme gouttes de larmes pour aveugler une
roses qui blessent, [multitude,
aiguilles installées dans les tubulures du sang,
mondes ennemis et amours couvertes de vers,
tous tomberont sur toi. Tomberont sur la grande coupole,
que les langues militaires oignent d'huile,
où un homme urine sur une éblouissante colombe
et crache du charbon pilé,
entouré de milliers de clochettes.
Parce qu'il n'y a plus personne qui partage le pain et le
[vin,

personne qui cultive les herbes dans la bouche du mort,
personne qui déplie la toile de lin du repos,
personne qui pleure sur les blessures des éléphants.
Il n'y a qu'un million de forgerons
qui préparent des chaînes pour les enfants à venir.
Il n'y a qu'un million de menuisiers
qui font des cercueils sans croix.
Il n'y a qu'une foule de lamentations
qui ouvre ses vêtements dans l'attente de la balle.
L'homme qui méprise la colombe devrait parler,
devrait crier tout nu parmi les colonnades,
se faire une piqûre pour se donner la lèpre
et pleurer des larmes si terribles
qu'elles dissoudraient ses anneaux et ses téléphones de
[diamant.
Mais l'homme vêtu de blanc
ignore le mystère de l'épi,
ignore le gémissement de la femme en couches,
ignore que Christ peut encore donner de l'eau,
ignore que la pièce d'argent brûle le baiser de prodige
et donne le sang de l'agneau au bec imbécile du faisan.

Les maîtres montrent aux enfants
une lumière merveilleuse qui vient de la montagne;
mais il arrive une assemblée de cloaques
où crient les nymphes obscures du choléra.
Les maîtres font voir avec dévotion les énormes coupoles
[où monte l'encens;
mais sous les statues il n'y a pas d'amour,
il n'y a pas d'amour sous les yeux de cristal définitif.
L'amour est dans les chairs déchirées par la soif,
dans la petite chaumière qui lutte contre l'inondation;
l'amour est dans les fossés où luttent les serpents de la
[faim,

dans la triste mer qui berce les cadavres des mouettes
et dans le très obscur baiser poignant sous l'oreiller.
Mais le vieillard aux mains translucides
dira : Amour, amour, amour,
acclamé par des millions de moribonds ;
il dira : Amour, amour, amour,
dans le tissu frémissant de tendresse ;
il dira : Paix, paix, paix,
parmi les frissons des couteaux et les melons de dynamite ;
il dira : Amour, amour, amour,
jusqu'à ce que ses lèvres deviennent d'argent.

Cependant, cependant, ah ! cependant,
les nègres qui enlèvent les crachoirs,
les enfants qui tremblent sous la terreur pâle des
[directeurs,
les femmes noyées dans les huiles minérales,
la foule au marteau, au violon, au nuage,
criera même si on lui écrase la cervelle contre le mur,
criera face aux coupoles,
criera folle de feu,
criera folle de neige,
criera la tête pleine d'excréments,
criera comme toutes les nuits assemblées,
criera d'une voix si déchirée
jusqu'à ce que les villes tremblent comme des fillettes
et brisent les prisons de l'huile et de la musique,
parce que nous voulons notre pain de chaque jour,
fleur d'alisier et constante tendresse égrenée,
parce que nous voulons que soit faite la volonté de la
qui donne ses fruits pour tous. [Terre

ODE A WALT WHITMAN

Sur l'East River et sur le Bronx
les garçons chantaient en montrant leur ceinture,
avec la roue et l'huile, le cuir et le marteau.
Quatre-vingt-dix mille mineurs tiraient l'argent des
[rochers
et le enfants dessinaient escaliers et perspectives.

Mais aucun ne s'endormait,
aucun ne voulait être le fleuve,
aucun n'aimait les grandes feuilles,
aucun la langue bleue de la plage.

Sur l'East River et le Queensborough,
les garçons luttaient avec l'industrie,
et les juifs vendaient au faune du fleuve
la rose de la circoncision
et le ciel déversait sur les ponts et les toits
des troupeaux de bisons poussés par le vent.

Mais aucun ne s'arrêtait,
aucun ne voulait être nuage,
aucun ne cherchait les fougères
ni la roue jaune du tambourin.

Quand se lèvera la lune
les poulies tourneront pour brouiller le ciel;
une frontière d'aiguilles encerclera la mémoire
et les cercueils emporteront ceux qui ne travaillent pas.

New York de fange,
New York de fil de fer et de mort.
Quel ange se cache dans ta joue?
Quelle voix parfaite dira les vérités du blé?
Qui le terrible songe de tes anémones souillées?

Pas un seul moment, Walt Whitman, beau vieillard,
je n'ai cessé de voir ta barbe pleine de papillons,
ni tes épaules de panne tout usées par la lune
ni tes cuisses d'Apollon virginal,
ni ta voix comme une colonne de cendre;
vieillard beau comme la brume,
qui gémissais comme un oiseau,
le sexe percé d'une aiguille,
ennemi du satyre,
ennemi de la vigne,
amoureux des corps sous la rude étoffe.
Pas un seul moment, virile beauté, [chemins de fer
qui parmi les montagnes de charbon, les réclames et les
rêvais d'être un fleuve et de dormir comme un fleuve
avec ce camarade qui mettrait dans ton sein
une petite douleur d'ignorant léopard.

Pas un seul moment, Adam de sang, mâle,
homme seul sur la mer, Walt Whitman, beau vieillard,
parce que sur les terrasses,
en groupes dans les bars,
sortant en grappes des égouts,

tremblant entre les jambes des chauffeurs
ou tournoyant aux plates-formes de l'absinthe,
les efféminés, Walt Whitman, rêvaient de toi.

Celui-là! Celui-là aussi! et ils se précipitent
sur ta barbe lumineuse et chaste,
blonds du Nord, noirs des pays de sable,
multitude de cris et de gestes
comme les chats et comme les serpents,
les efféminés, Walt Whitman, les efféminés,
brouillés de larmes, chair bonne pour la cravache,
la botte ou la morsure des dompteurs.

Celui-là! Celui-là aussi! Leurs doigts teints
affleurent à la rive de ton songe,
quand l'ami mange ta pomme
avec un léger goût de gazoline
et que le soleil chante sur les nombrils
des garçons qui jouent sous les ponts.

Mais tu ne cherchais pas les yeux égratignés
ni l'obscur marécage où l'on plonge les enfants,
ni la salive glacée,
ni les blessures courbes comme panses de crapauds
que portent les efféminés dans les voitures, sur les [terrasses,
cependant que la lune les fouette aux carrefours de la [terreur.
Tu cherchais un nu qui fût comme un fleuve,
taureau et songe qui unît la roue et l'algue,
père de ton agonie, camélia de ta mort,
et qui gémît dans les flammes de ton secret Équateur.

Car il est juste que l'homme ne cherche pas son délice
dans la forêt de sang de la prochaine matinée.
Le ciel a des plages où l'on peut éviter la vie
et il y a des corps qui ne doivent pas revenir à l'aurore.

Agonie, agonie, rêve, ferment et rêve.
Tel est le monde, ami, agonie, agonie.
Les morts se décomposent sous l'horloge des villes,
la guerre passe en pleurant avec un million de rats gris,
les riches donnent à leurs maîtresses
de petits moribonds illuminés,
et la vie n'est pas noble, ni bonne, ni sacrée.
L'homme peut, s'il le veut, conduire son désir
par la veine du corail ou par un nu céleste.
Demain les amours seront rocs et le Temps
une brise endormie qui s'en vient par les branches.

C'est pourquoi, vieux Walt Whitman, je n'élève pas la [voix
contre le petit garçon qui écrit
le nom d'une petit fille sur son oreiller,
ni contre le garçon qui s'habille en fiancée
dans l'obscurité du vestiaire,
ni contre les solitaires des clubs
qui boivent avec dégoût l'eau de la prostitution,
ni contre les hommes au regard vert
qui aiment l'homme et brûlent en silence leurs lèvres.
Mais bien contre vous, efféminés des villes,
à la chair tuméfiée, à la pensée immonde,
mères de boue, harpies, ennemis sans sommeil
de l'Amour qui distribue des couronnes d'allégresse.

Contre vous toujours, qui donnez aux garçons
des gouttes de sale mort avec un poison amer.

Contre vous toujours,
Faeries d'Amérique du Nord,
Oiseaux de La Havane,
Jotos de Mexico,
Sarasas de Cadix,
Céleris de Séville,
Cancos de Madrid,
Floras d'Alicante,
Adélaïdes du Portugal.

Efféminés du monde entier, assassins de colombes!
Esclaves de la femme, chiennes de sa toilette,
épanouis sur les places avec la fièvre de l'éventail
ou embusqués dans de rigides paysages de ciguë.
Pas de quartier! La mort
sourd de vos yeux
et assemble des fleurs grises tout au bord de la fange.
Pas de quartier! Alerte!
Que les humiliés, les purs,
les classiques, les illustres, les suppliants
vous ferment la porte de la bacchanale.

Et toi, beau Walt Whitman, dors au bord de l'Hudson,
la barbe vers le pôle, les mains ouvertes.
Argile tendre ou neige, ta langue appelle
des camarades pour veiller ta gazelle sans corps.
Dors, il ne reste rien.
Une danse de murs agite les prairies
et l'Amérique étouffe de machines et de pleurs.
Je veux que l'air violent de la nuit la plus profonde
arrache lettres et fleurs de l'arcade où tu dors
et qu'un enfant noir annonce aux blancs de l'or
l'avènement du royaume de l'épi.

IX

Fuite hors de New York

Deux valses
vers la civilisation

PETITE VALSE VIENNOISE

A Vienne il y a dix jeunes filles,
une épaule où sanglote la mort
et un bois de colombes empaillées.
Il y a un fragment de matin
au musée du givre.
Il y a un salon à mille fenêtres.
Ay, ay, ay, ay!
Prends cette valse la bouche fermée.

Cette valse, valse, valse
de oui, de mort et de cognac,
qui mouille sa traîne dans la mer.

Je t'aime, t'aime, t'aime,
avec le fauteuil et le livre mort,
dans le couloir mélancolique,

au grenier sombre de l'iris,
dans notre lit de la lune
et par la danse que rêve la tortue.
Ay, ay, ay, ay !
Prends cette valse aux reins cambrés.

A Vienne il y a quatre miroirs
où jouent ta bouche et les échos.
Il y a une mort pour piano
qui peint en bleu les jeunes gars.
Il y a des mendiants sur les toits.
Il y a de fraîches guirlandes de pleurs.
Ay, ay, ay, ay!
Prends cette valse qui se meurt dans mes bras.

Parce que je t'aime, je t'aime, amour,
dans le grenier où vont jouer les enfants,
rêvant de vieux lustres de Hongrie
dans la rumeur du tiède après-midi,
voyant des brebis et des iris de neige
dans le silence obscur de ton front.
Ay, ay, ay, ay !
Je prends la valse « Je t'aime toujours. »

A Vienne, je danserai avec toi
dans un déguisement qui aura
une tête de fleuve.
Vois mes rives de jacinthes!
Je laisserai ma bouche entre tes jambes,
mon âme dans des lis et des photographies
et dans la vague obscure de ta démarche
je veux, mon amour, mon amour, laisser,
violon et sépulcre, les rubans de la valse.

VALSE DANS LES BRANCHES

Une feuille tomba,
puis deux,
puis trois.
Dans la lune un poisson nageait.
L'eau dort une heure
et la mer toute blanche en dort cent.
La dame
sur la branche était morte.
La nonne
chantait dans la bigarade.
La petite fille
montait au pin pour en cueillir la pomme.
Et le pin
cherchait la fine plume du trille.
Mais le rossignol
pleurait ses blessures alentour.
Et moi aussi
parce qu'une feuille tomba,
puis deux,
puis trois.
Et une tête de cristal
et un violon de papier
et la neige pourrissait avec le monde
une à une

deux à deux
trois à trois.
Oh! dur ivoire à la chair invisible!
Oh! golfe de l'aurore, sans fourmis!
Avec le génie des branches,
avec le *ay* des dames,
avec le coassement des grenouilles,
avec la glaise jaune du miel.
Viendra un torse d'ombre
couronné de laurier.
Le ciel aura pour le vent
la dureté d'un mur
et les branches arrachées
avec lui s'en iront en dansant.
Une à une
autour de la lune,
deux à deux
autour du soleil,
trois à trois
pour que dorme l'ivoire.

X

Le poète arrive à La Havane

A Don Fernando Ortiz.

CHANT NÈGRE DE CUBA

Quand viendra la pleine lune j'irai à Santagio de Cuba,
j'irai à Santagio,
dans une calèche d'eau noire.
J'irai à Santagio.
Chanteront les toits de palme.
J'irai à Santiago.
Quand le palmier veut être cigogne,
j'irai à Santiago.
Et quand veut être méduse le bananier
j'irai à Santiago.
J'irai à Santiago.
avec la tête blonde de Fonseca.
J'irai à Santiago.
Avec la rose de Roméo et Juliette
j'irai à Santiago.
O Cuba! O rythme de graines sèches!
J'irai à Santiago.

O ceinture chaude et goutte de bois!
J'irai à Santiago.
Harpe de troncs vivants. Caïman. Fleur de tabac.
J'irai à Santiago.
J'ai toujours dit que j'irais à Santiago
dans une calèche d'eau noire.
J'irai à Santiago.
Brise et alcool dans les roues,
j'irai à Santiago.
Mon corail dans la ténèbre,
j'irai à Santiago.
La mer noyée dans le sable,
j'irai à Santiago.
chaleur blanche, fruit mort,
j'irai à Santiago.
O bovine fraîcheur des champs de canne!
O Cuba! O courbe de soupir et de boue!
J'irai à Santiago.

IV

Six poèmes galiciens

Traduction
d'André Belamich.

MADRIGAL
A LA VILLE DE SAINT-JACQUES

Il pleut sur Saint-Jacques
mon doux amour.
Dans le ciel brille et frissonne
le camélia blanc du jour.

Il pleut sur Saint-Jacques
dans la nuit obscure.
L'herbe d'argent du sommeil
recouvre l'aride lune.

Vois la pluie dans la rue,
plainte de pierre et de verre.
Vois dans le vent évanoui
l'ombre cendrée de la mer.

L'ombre cendrée de la mer
Saint-Jacques loin du soleil.
L'eau de tes matins mouillés
au fond de mon cœur ruisselle.

CHANT POUR NOTRE-DAME A LA BARQUE

O la fête, la fête
de Notre-Dame
à la barque !

La Vierge était petite
à couronne argentée,
jaunes les quatre bœufs
à son char attelés.

Des colombes de cristal
menaient la pluie aux montagnes.
Par les gorges surgissaient
tous les défunts du brouillard.

Vierge, laisse ton visage
dans le doux regard des vaches
et prends ces fleurs funéraires
entre les plis de ta cape !

Sur le front de la Galice
paraît la lueur de l'aube.
La Vierge mire la mer
depuis le seuil de sa porte.

O la fête, la fête
de Notre-Dame
à la barque!

COMPLAINTE DU PETIT COMMIS

Buenos Aires a une musette
sur le Rio de la Plata,
Le vent du Nord la fait sonner
avec son haleine mouillée.
Triste Ramon de Sismundi!
Dans la rue de l'Esmeralda
il ne cesse d'épousseter
la poussière des étagères!
Tout au long des rues infinies
se promenaient les Galiciens
rêvant de vallées impossibles
sur les bords de la pampa verte.
Triste, Ramon de Sismundi
entendait l'air de son pays
tandis que sept taureaux de lune
paissaient parmi ses souvenirs!
Il s'en alla au bord du fleuve,
le grand Rio de la Plata.
Des chevaux muets et des saules
brisaient le cristal de ses ondes.
Il n'y trouva point le plaintif

gémissement de la musette
ni l'immense musicien
dont la bouche se fleurit d'ailes.
Triste Ramon de Sismundi!
Sur le Rio de la Plata
il ne vit dans le soir figé
qu'un parapet vermeil de vase!

NOCTURNE DE L'ADOLESCENT NOYÉ

Allons en silence aux rives du gué
    pour voir l'adolescent noyé!

Allons en silence aux plages de l'air
avant que le flot ne l'emporte en mer.

Son âme pleurait, vulnérable et frêle
couchée sous l'odeur des pins et des herbes.

L'eau échevelée tombait de la lune
et couvrait de lys la montagne nue.

Le vent répandait des camélias gris
sur l'éclat terni de sa bouche triste.

Accourez garçons des monts et des prés,
    pour voir l'adolescent noyé!

Venez, peuple obscur du val et des crêtes,
avant que le flot ne l'emporte en mer!

Ne l'emporte en mer dans ses franges blanches
où se baignent les vieux taureaux de l'onde.

Dieu! comme chantaient les arbres du Sil
sur le tambourin de la lune verte!

Ohé, compagnons, venez, faites vite
car le flot déjà l'emporte à la mer!

BERCEUSE POUR ROSALIA CASTRO, MORTE

Éveille-toi, ma mie,
Entends chanter les premiers coqs!
Éveille-toi, ma mie,
Le vent pousse déjà son meuglement!

Les charrues vont et viennent
de Saint-Jacques à Béthléem.

De Saint-Jacques à Béthléem
un ange vient en navire
en navire d'argent fin
lourd des douleurs de Galice
de la Galice endormie

frissonnant sous l'herbe triste.
Et l'herbe couvre ton lit
et ta chevelure qui s'épanche
en un flot noir jusqu'à la mer
où les nuées ont leur nid de colombe.

Éveille-toi, ma mie,
Entends les premiers coqs !
Éveille-toi, ma mie,
Le vent pousse déjà son meuglement !

DANSE DE LA LUNE A SAINT-JACQUES

Quel est ce galant tout blanc?
Regarde comme il frissonne!

C'est la lune qui danse
sur la Grand-Place aux Morts.

Regarde son corps transi
noir de morsures et d'ombres.

Mère, la lune danse
sur la Grand-Place aux Morts.

Qui blesse un poulain de pierre
aux portes mêmes du songe?

C'est la lune! C'est la lune
sur la Grand-Place aux Morts!

Qui regarde à la fenêtre
avec des yeux pleins de brume?

C'est la lune! C'est la lune
sur la Grand-Place aux Morts!

Laisse-moi mourir dans mon lit.
Je rêverai de fleurs d'or.

Mère, la lune danse
sur la Grand-Place aux Morts.

Ah, ma fille, l'air du ciel
m'a rendue toute blanche.

Ce n'est point l'air, c'est la triste lune
sur la Grand-Place aux Morts.

Qui brame avec ce plaintif
meuglement de bœuf énorme?

Mère, c'est la lune, la lune
sur la Grand-Place aux Morts.

Oui, la lune, la lune
toute couronnée d'ajoncs
et qui danse, danse, danse
sur la Grand-Place aux Morts.

V

Chant funèbre pour Ignacio Sánchez Mejías

Traduction de Pierre Darmangeat.

A ma chère amie Encarnación López Julvez.

LA BLESSURE ET LA MORT

A cinq heures de l'après-midi.
Il était juste cinq heures de l'après-midi.
Un enfant apporta le drap blanc
à cinq heures de l'après-midi.
Une couffe de chaux toute prête
à cinq heures de l'après-midi.
Le reste était mort et rien que mort
à cinq heures de l'après-midi.

Le vent emporta les cotons
à cinq heures de l'après-midi.
Et l'oxyde sema cristal et nickel
à cinq heures de l'après-midi.
Luttent la colombe et le léopard
à cinq heures de l'après-midi.
Une cuisse avec une corne désolée
à cinq heures de l'après-midi.
Le bourdon se mit à sonner
à cinq heures de l'après-midi.
Cloches d'arsenic et fumée
à cinq heures de l'après-midi.
Au coin des rues, groupes de silence
à cinq heures de l'après-midi.
Quand vint la sueur de neige

à cinq heures de l'après-midi,
quand la plaza se couvrit d'iode
à cinq heures de l'après-midi,
la mort mit des œufs dans la blessure
à cinq heures de l'après-midi.
A cinq heures de l'après-midi.
A cinq heures juste l'après-midi.

Un cerceuil sur roues sert de lit
à cinq heures de l'après-midi.
Ossements et flûtes sonnent à son oreille
à cinq heures de l'après-midi.
Déjà dans son front mugissait le taureau
à cinq heures de l'après-midi.
La chambre s'irisait d'agonie
à cinq heures de l'après-midi.
Au loin vient la gangrène
à cinq heures de l'après-midi.
Trompe d'iris dans l'aine verte
à cinq heures de l'après-midi.
Les plaies brûlaient comme des soleils
à cinq heures de l'après-midi,
et la foule brisait les fenêtres
à cinq heures de l'après-midi.
A cinq heures de l'après-midi.
Ah! terribles cinq heures de l'après-midi!
Il était cinq heures à toutes les horloges!
Il était cinq heures d'ombre de l'après-midi!

LE SANG RÉPANDU

Je ne veux pas le voir!

Dis à la lune de venir.
Je ne veux pas voir le sang
d'Ignacio sur le sable.
Je ne veux pas le voir!

La lune grande ouverte.
Cheval de nuages calmes,
et grise plaza du songe
avec des saules aux barrières.

Je ne veux pas le voir!
Mon souvenir se brûle.
Prévenez les jasmins
à la blancheur petite!

Je ne veux pas le voir!

La vache du vieux monde
passait sa triste langue
sur un mufle de sang
répandu sur le sable
et les taureaux de Guisando,

quasi mort et quasi pierre,
mugirent comme deux siècles
las de fouler la terre.
Non.
Je ne veux pas le voir!

Par les degrés monte Ignacio
portant sa mort dessus son dos.
Cherchait le lever du jour
et le lever du jour n'était pas.
Cherche sa vraie silhouette,
et le songe l'égare.
Cherchait son corps de beauté
et trouva son sang ouvert.
Ne me dites pas de le voir!
Je ne veux pas sentir le jet
qui perd peu à peu sa force;
ce jet qui vient illuminer
les bas gradins et puis retombe
sur le velours et sur le cuir
d'une foule altérée.
Qui donc me crie de me pencher!
Ne me dites pas de le voir!

Il ne ferma point les yeux
quand il vit tout près les cornes,
mais les mères terribles
relevèrent la tête.
Et à travers les élevages
monta un air de voix secrètes
criant vers des taureaux célestes,
gardiens d'une brume pâle.
Il n'y eut prince dans Séville

que l'on puisse lui comparer,
ni épée comme son épée,
ni cœur si véritable.
Comme un fleuve de lions
sa merveilleuse force,
et comme un torse de marbre
sa prudence dessinée.
Un air de Rome andalouse
lui nimbait d'or la tête,
et son rire était nard
de sel et d'intelligence.
Grand torero dans la plaza!
Bon montagnard à la montagne!
Si doux avec les épis!
Si dur avec les éperons!
Si tendre avec la rosée!
Éblouissant à la feria!
Si terrible avec les dernières
banderilles de ténèbres!
Mais voici qu'il dort sans fin.
Voici que les mousses et l'herbe
ouvrent de leurs doigts sûrs
la fleur de son crâne.
Et son sang vient en chantant :
chante par les maremmes et les prairies,
glisse le long des cornes transies,
vacille sans âme dans le brouillard,
se heurte à mille pieds de taureaux
comme une longue, sombre, triste langue,
pour former une flaque d'agonie
près du Guadalquivir aux étoiles.
Oh, mur blanc de l'Espagne!
Oh, noir taureau de douleur!

Oh, sang dur d'Ignacio!
Oh, rossignol de ses veines!
Non.
Je ne veux pas le voir!
Il n'est pas de calice qui le contienne,
pas d'hirondelles qui le boivent,
ni givre de lumière qui le refroidisse,
ni chant ni déluge de lis,
ni cristal qui le couvre d'argent.
Non.
Je ne veux pas le voir!

PRÉSENCE DU CORPS

La pierre est un front où gémissent les songes
sans qu'ils aient une eau courbe ou des cyprès glacés.
La pierre est un dos fait pour porter le temps
avec arbres de larmes et rubans et planètes.

J'ai vu de grises pluies courir devers les vagues,
en levant leurs tendres bras criblés,
pour n'être prises en chasse par la pierre tendue
qui dénoue ses membres sans imprégner le sang.

Parce que la pierre prend semences et nuages,
squelettes d'alouettes avec loups de pénombre;
mais ne donne ni son, ni cristal, ni feu :
rien que plazas, plazas et plazas sans murailles.

Et voici sur la pierre Ignacio le bien né.
C'est fini; qu'y a-t-il? Considérez sa personne :
la mort qui l'a couvert de pâles fleurs de soufre
lui a donné la tête d'un sombre minotaure.

C'est fini. La pluie pénètre dans sa bouche.
L'air comme fou quitte sa poitrine creuse
et l'Amour, imprégné par des larmes de neige,
se chauffe sur la cime des ganaderias.

Que dit-on? Un silence empuanti repose.
Nous sommes devant un corps gisant qui s'estompe,
devant une forme claire qui eut ses rossignols
et nous la voyons se cribler de trous sans fond.

Qui fait des rides au suaire? Ce qu'il dit n'est pas vrai!
Personne ici ne chante, ou ne pleure dans le coin,
ne pique des éperons, n'épouvante le serpent :
ici je ne veux rien que la rondeur des yeux
pour voir ce corps sans possible repos.

Je veux voir ici les hommes à la voix dure.
Les dompteurs de chevaux, qui maîtrisent les fleuves :
les hommes dont les os craquent et qui chantent,
la bouche pleine de soleil et de silex.

Je veux les voir ici. Devant la pierre.
Devant ce corps aux rênes brisées.
Je veux qu'ils me montrent où est l'issue
pour ce capitaine attaché par la mort.

Je veux qu'ils me montrent un pleur pareil à un fleuve
avec de douces brumes et des rives profondes,

pour emporter le corps d'Ignacio, et qu'il se perde
sans écouter le double souffle des taureaux.

Qu'il se perde dans la ronde plaza de la lune
de qui l'enfance est comme une dolente bête immobile;
qu'il se perde dans la nuit privée de chants des poissons
et dans la broussaille blanche de la fumée congelée.

Je ne veux pas qu'on lui couvre le visage de mouchoirs
afin qu'il s'habitue à cette mort qu'il porte.
Va-t'en, Ignacio : le chaud meuglement ne te soit pas
Dors, vole, repose : la mer aussi se meurt! [sensible.

ABSENCE DE L'AME

Ni le taureau ni le figuier ne te connaissent,
ni les chevaux ni les fourmis de ta maison.
L'enfant ne te connaît ni la soirée
parce que tu es mort pour toujours.

Ne te connaît le dos de la pierre,
ni le satin noir où tu te déchires.
Plus ne te connaît ton souvenir muet
parce que tu es mort pour toujours.

Viendra l'automne avec les coques-fleurs,
raisins de brume et montagnes en groupe,

mais ne voudra personne regarder tes yeux
parce que tu es mort pour toujours.

Parce que tu es mort pour toujours,
comme tous les morts de la Terre,
comme tous les morts qu'on oublie
dans un amoncellement de chiens éteints.

Nul ne te connaît plus. Non. Mais je te chante.
Je chante pour plus tard ta silhouette et ta grâce.
L'insigne maturité de ta connaissance.
Ton appétit de mort et le goût de sa bouche.
La tristesse qu'éprouva ta vaillante allégresse.

De longtemps ne naîtra, si toutefois il naît,
un Andalou si clair, si riche d'aventures.
Je chante son élégance en des mots qui gémissent,
et me rappelle une brise triste dans les oliviers.

VI

Divan du Tamarit

Traduction de Claude Couffon
et de Bernard Sesé.

Gacelas

I. GACELA DE L'AMOUR IMPRÉVU

Nul ne comprenait le parfum
du magnolia sombre de ton ventre.
Nul ne savait que tu martyrisais
un colibri d'amour entre tes dents.

Mille petits chevaux perses s'endormaient
sur la place baignée de lune de ton front,
tandis que moi, quatre nuits, j'enlaçais
ta taille, ennemie de la neige.

Entre plâtre et jasmins, ton regard
était un bouquet pâle de semences.
Dans mon cœur je cherchais pour te donner
les lettres d'ivoire qui disent *toujours*,

toujours, *toujours* : jardin de mon agonie,
ton corps fugitif pour toujours,
le sang de tes veines dans ma bouche,
ta bouche sans lumière déjà pour ma mort.

II. GACELA
DE LA TERRIBLE PRÉSENCE

Je veux que l'eau demeure sans lit.
Je veux que le vent demeure sans vallées.

Je veux que la nuit demeure sans yeux
et mon cœur sans la fleur de l'or;

que les bœufs parlent aux grandes feuilles
et que le ver de terre se meure d'ombre;

que brillent les dents de la tête de mort
et que la jaunisse inonde la soie.

Je peux voir le duel de la nuit blessée
qui lutte enlacée avec le midi.

Je résiste au couchant de vert poison
et aux arcs brisés où souffre le temps.

Mais n'éclaire pas ta nudité limpide
comme un cactus noir ouvert dans les joncs.

Laisse-moi dans une angoisse de planètes obscures,
mais ne me montre pas ta hanche fraîche.

III. GACELA
DE L'AMOUR DÉSESPÉRÉ

La nuit refuse de venir
afin que tu ne viennes pas,
et que moi je ne puisse aller.

Mais moi j'irai,
quoique mange ma tempe un soleil de scorpions.

Mais toi tu viendras
avec ta langue brûlée par la pluie de sel.

Le jour refuse de venir
afin que tu ne viennes pas
et que moi je ne puisse aller.

Mais moi j'irai
livrant aux crapauds mon œillet brisé.

Mais toi tu viendras
par les cloaques troubles de l'obscurité.

La nuit ni le jour ne veulent venir
afin que je meure pour toi
et que toi tu meures pour moi.

IV. GACELA DE L'AMOUR QUI NE SE LAISSE PAS VOIR

Seulement pour entendre
la cloche de la Vela [1]
je t'ai coiffée d'une couronne de verveine.

Grenade était une lune
noyée parmi les herbes.

Seulement pour entendre
la cloche de la Vela
j'ai détruit mon jardin de Carthagène.

Grenade était une chevrette
rose sur les girouettes.

Seulement pour entendre
la cloche de la Vela
à tout ton corps je m'embrasais
sans savoir à qui il était.

1. L'une des tours de l'Alhambra de Grenade.

V. GACELA DE L'ENFANT MORT

Tous les soirs à Grenade,
tous les soirs meurt un enfant.
Tous les soirs l'eau s'installe
et converse avec ses amis.

Les morts ont des ailes de mousse.
Le vent nuageux et le vent clair
sont deux faisans qui volent sur les tours
et le jour est un garçon blessé.

Dans l'air il ne restait nulle ombre d'alouette
quand je t'ai rencontré dans la grotte du vin
Sur terre il ne restait nulle miette de nuage
lorsque tu te noyais dans la rivière.

Un géant d'eau sur les montagnes s'affaissa
et la vallée roula ses chiens et ses iris.
Ton corps, à l'ombre violette de mes mains,
était, mort sur la rive, un archange de froid.

VI. GACELA DE LA RACINE AMÈRE

Il est une racine amère
et un monde aux mille terrasses.

Même la plus petite main
ne peut briser la porte d'eau.

Où vas-tu ? Où vas-tu donc ?
Il est un ciel aux mille fenêtres
— bataille d'abeilles livides —
et une racine amère.

Amère.

Elle blesse par la plante du pied
l'intérieur de la tête.
Elle blesse aussi le tronc frais de la nuit
que l'on vient de couper.

Amour, mon ennemi,
comme elle mord ta racine
amère !

VII. GACELA
DU SOUVENIR D'AMOUR

N'emporte pas ton souvenir.
Laisse-le tout seul en mon cœur,

frisson de blanc cerisier
dans le martyre de janvier.

Un mur de songes mauvais
me sépare des trépassés.

Je donne une peine de lys
frais pour un cœur de plâtre.

Toute la nuit, dans le jardin
mes yeux, comme deux grands chiens.

Tout au long de la nuit, traquant
le coing et son venin.

Le vent, qui semble quelquefois
une tulipe de frayeur,

est une tulipe souffrante,
par une matinée d'hiver.

Un mur de songes mauvais
me sépare des trépassés.

La brume couvre, silencieuse,
la vallée grise de ton corps.

Sous l'arche de notre rencontre
la ciguë maintenant grandit.

Mais laisse-moi ton souvenir,
laisse-le tout seul en mon cœur.

VIII. GACELA DE LA MORT OBSCURE

Je veux dormir le sommeil des pommes,
et m'éloigner du tumulte des cimetières.
Je veux dormir le sommeil de cet enfant
qui voulait s'arracher le cœur en pleine mer.

Je ne veux pas que l'on me répète que les morts
ne perdent pas leur sang;
que la bouche pourrie demande encor de l'eau.
Je ne veux rien savoir des martyres que donne l'herbe,
ni de la lune avec sa bouche de serpent
qui travaille avant que l'aube naisse.

Je veux dormir un instant,
un instant, une minute, un siècle;
mais que tous sachent bien que je ne suis pas mort;
qu'il y a sur mes lèvres une étable d'or;
que je suis le petit ami du vent d'Ouest;
que je suis l'ombre immense de mes larmes.

Couvre-moi d'un voile dans l'aurore,
car elle me lancera des poignées de fourmis,
et mouille d'une eau dure mes souliers
afin que glisse la pince de son scorpion.

Car je veux dormir le sommeil des pommes
pour apprendre un sanglot qui de la terre me nettoie;
car je veux vivre avec cet enfant obscur
qui voulait s'arracher le cœur en pleine mer.

IX. GACELA DE L'AMOUR MERVEILLEUX

Avec toute la chaux
des mauvais champs,
tu étais un jonc d'amour, un jasmin mouillé.

Avec le midi et la flamme
des mauvais cieux,
tu étais sur mon cœur une rumeur de neige.

Cieux et champs
rivaient des chaînes à mes mains.

Champs et cieux
fouettaient les plaies de tout mon corps.

X. GACELA DE LA FUITE

A mon ami Miguel Pérez Ferrero.

Je me suis perdu souvent dans la mer,
l'oreille pleine de fleurs, fraîchement coupées,
la langue pleine d'amour et d'agonie.
Souvent je me suis perdu dans la mer,
comme je me perds dans le cœur de certains enfants.

Il n'y a point de nuit où, donnant un baiser,
on ne sente les rires des gens sans visages,
ni personne qui, caressant un nouveau-né,
n'oublie les crânes immobiles des chevaux morts.

Car les roses cherchent sur le front
un dur paysage d'os,
car les mains de l'homme n'ont pas d'autre sens
que d'imiter les racines sous la terre.

Comme je me perds dans le cœur de certains enfants,
je me suis perdu souvent dans la mer.
Indifférent à l'eau, je vais à la recherche
d'une mort de lumière qui me consumerait.

XI. GACELA
DE L'AMOUR CENTENAIRE

Passent dans la rue
les quatre galants.

Ay, ay, ay, ay.

Passent et repassent
trois de nos galants.

Ay, ay, ay.

Se prennent la taille
ces deux seuls galants.

Ay, ay.

Comme il se retourne
le galant, et l'air!

Ay.

A travers les myrtes
personne... Personne.

XII. GACELA
DU MARCHÉ MATINAL

Par la Porte d'Elvire [1]
je veux te voir passer
pour connaître ton nom
et me mettre à pleurer.

Quelle lune grise de neuf heures
a rendu si pâle ta joue?
Qui recueille ta semence
de flammes sur la neige?
Quelle courte épingle de cactus
assassine ton cristal?...

Par la Porte d'Elvire
je vais te voir passer
pour boire ton regard
et me mettre à pleurer.

Quelle voix pour mon châtiment
tu élèves sur le marché!
Quel œillet délirant
sur les monceaux de blé!

1. Vieille porte de Grenade.

Que je suis loin auprès de toi
et si près lorsque tu t'en vas!

Par la Porte d'Elvire
je vais te voir passer
pour surprendre tes cuisses
et me mettre à pleurer.

Casidas

I. CASIDA DE L'ENFANT BLESSÉ PAR L'EAU

Je veux descendre jusqu'au puits,
je veux grimper aux murs de Grenade,
pour regarder le cœur percé
par le sombre poinçon des eaux.

L'enfant blessé gémissait
avec sa couronne de givre.
Bassins, citernes et fontaines
dressaient dans le vent leurs épées.

Ay, quelle furie d'amour, quel poignard blessant,
quelle rumeur de nuit, quelle blanche mort!
Quels déserts de lumière creusaient
les sables du matin!
L'enfant était seul
avec la ville endormie dans sa gorge.
Un jet d'eau qui venait des songes
le défendait de la faim des algues.
L'enfant et son agonie, face à face,
étaient deux pluies vertes enlacées.
L'enfant s'étendait sur la terre
et son agonie se penchait.

Je veux descendre jusqu'au puits,
je veux, à longs traits, mourir ma mort,
je veux emplir mon cœur de mousse,
pour voir l'enfant que l'eau blessa.

II. CASIDA DES PLEURS

J'ai fermé mon balcon
car je ne veux pas entendre les pleurs,
mais derrière les murs gris
on n'entend rien d'autre que les pleurs.

Il y a très peu d'anges qui chantent,
il y a très peu de chiens qui aboient,
mille violons tiennent dans la paume de ma main.

Mais les pleurs sont un chien immense,
mais les pleurs sont un ange immense,
les pleurs sont un violon immense,
les larmes bâillonnent le vent,
et l'on n'entend rien d'autre que les pleurs.

III. CASIDA DES BRANCHES

Sous les arbres du Tamarit
sont arrivés les chiens de plomb,
attendant que tombent les branches,
attendant que seules se brisent.

Le Tamarit a un pommier
et une pomme de sanglots.
Un rossignol tait les soupirs
qu'un faisan chasse par la poussière.

Mais les branches ont leur gaieté,
les branches sont comme nous sommes.
Oublient la pluie, et puis s'endorment
telles des arbres, rapidement.

L'eau étalée sur leurs genoux
deux vallées attendaient l'automne.
La pénombre au pas d'éléphant
poussait les branches et les troncs.

Sous les arbres du Tamarit
il est beaucoup d'enfants voilés,
attendant que tombent mes branches,
attendant que seules se brisent.

IV. CASIDA DE LA FEMME COUCHÉE

Te voir nue, c'est se rappeler la Terre,
la Terre lisse et vierge de chevaux,
la Terre sans aucun jonc, forme pure,
fermée à l'avenir : confins d'argent.

Te voir nue, c'est comprendre l'anxiété
de la pluie cherchant la fragile tige,
la fièvre de la mer au visage immense
sans trouver l'éclat de sa joue.

Le sang sonnera à travers les lits
et viendra tenant son fer fulgurant,
mais toi tu ne sauras pas où se cachent
le cœur de crapaud ou la violette.

Ton ventre est une lutte de racines,
tes lèvres sont une aube sans contour.
Sous les roses tièdes de ton lit
gémissent les morts, attendant leur tour.

V. CASIDA DU SONGE EN PLEIN AIR

Fleur de jasmin et taureau égorgé.
Pavement infini. Carte. Salle. Harpe. Et aube.
La fillette imagine un taureau de jasmins
et le taureau est un sanglant crépuscule qui brame.

Si le ciel était un tout petit enfant
les jasmins auraient une mi-nuit obscure,
et le taureau un cirque bleu sans combattants
avec un cœur au pied d'une colonne.

Mais le ciel est un éléphant,
le jasmin est une eau exsangue
et la fille un bouquet nocturne
sur l'immense pavement sombre.

Entre le jasmin et le taureau
des crochets d'ivoire ou des gens endormis.
Dans le jasmin un éléphant et des nuages,
dans le taureau le squelette de la fillette.

VI. CASIDA DE LA MAIN IMPOSSIBLE

Je ne veux rien qu'une main,
qu'une main blessée, s'il se peut.
Je ne veux rien qu'une main,
même si mille nuits je n'avais pas de lit.

Elle serait un lis pâle de chaux,
elle serait une colombe amarrée à mon cœur,
elle serait le gardien qui la nuit de ma mort
interdirait absolument à la lune d'entrer.

Je ne veux rien que cette main
pour les huiles quotidiennes
et le drap blanc de mon agonie.
Je ne veux rien que cette main
pour soutenir une aile de ma mort.

Tout le reste passe.
Rougeur sans nom déjà, astre perpétuel.
Tout le reste est autre : vent triste,
tandis que les feuilles en bandes s'enfuient.

VII. CASIDA DE LA ROSE

La rose
ne cherchait pas l'aurore :
presque éternelle sur sa branche,
elle cherchait autre chose.

La rose
ne cherchait ni science ni ombre :
confins de chair et de songe,
elle cherchait autre chose.

La rose
ne cherchait pas la rose.
Immobile dans le ciel
elle cherchait autre chose.

VIII. CASIDA DE LA FILLE DORÉE

La fille dorée
sa baignait dans l'eau
et l'eau se dorait.

Les algues, les branches
l'ombrageaient dans l'ombre,
et le rossignol
pour la fille blanche
chantait.

Vint la claire nuit
au mauvais argent,
montagnes pelées
sous la brise noire.

La fille mouillée
blanche était dans l'eau,
et l'eau, une flamme.

Vint l'aube sans tache
— mille mufles de vaches —
en linceul glacée,
et sous des guirlandes
gelées.

La fillette en larmes
se baignait aux flammes,
et le rossignol,
les ailes brûlées,
pleurait.

La fille dorée
était un héron
blanc, que l'eau dorait.

IX. CASIDA DES COLOMBES OBSCURES

A Claudio Guillén.

Sur les branches du laurier
j'ai vu deux colombes obscures.
L'une était le soleil,
et l'autre était la lune.
— Petites voisines, ai-je dit,
où donc sera ma sépulture?
— Dans ma traîne, a dit le soleil.
— Dans ma gorge, m'a dit la lune.
Et moi, et moi qui avançais
avec la terre à la ceinture
j'ai vu deux aigles tout de neige
et une fille toute nue.
L'un était l'autre
et la fille n'était personne.
— Petits aigles, leur ai-je dit,
où donc sera ma sépulture?
— Dans ma traîne, a dit le soleil.
— Dans ma gorge, m'a dit la lune.
Sur les branches du laurier
j'ai vu les deux colombes nues.
L'une était l'autre
et toutes deux n'étaient personne.

VII

Sonnets et derniers poèmes

Traduction d'André Belamich

SUR LA MORT
DE JOSÉ DE CIRIA Y ESCALANTE

Qui croira t'avoir vu ? En quel moment ?
O douleur de pénombre illuminée !
Deux voix résonnent : l'horloge et le vent
tandis que flotte sans toi la matinée.

Un délire de nards couleur de cendre
a envahi ta délicate tête.
Homme ! Passion ! Peine ardente ! Prières !
Reviens changé en lune et en cœur du néant.

Reviens changé en lune et de ma main
je lancerai ta pomme sur l'eau vive
que troublent les poissons rouges de juin.

Et toi, là-haut, bien loin, vert et transi,
oublie-toi ! Oublie le monde vain,
ô délicat Giocondo, mon ami !

ÉPITAPHE POUR ISAAC ALBENIZ

Ce marbre maintenant que nous voyons dressé
sur les herbes de mort et le limon obscur
garde une lyre d'ombre avec un soleil mûr,
une urne solitaire de chants renversée.

Des salins de Cadix à Grenade enfermée
dans ses eaux qui lui font un perpétuel mur,
un cheval andalou incarne en fière allure
ton ombre qui soupire après le jour doré.

O doux musicien mort dont les petites mains
savaient entretisser bonté et harmonie,
pupille d'épervier, cœur parfaitement sain!

Dors, neige répandue, dors ton ciel infini.
Été décoloré, songe aux flambées d'hiver
et perds le souvenir de ton ancienne vie!

A MERCÉDÈS ENVOLÉE

Violon de froide lumière figée
tu fuis déjà vers les rocs de l'azur,
voix sans gosier, voix doucement obscure
chantant partout sans jamais résonner.

Ton souvenir est de neige écroulée
dans la gloire sans fin des blancheurs pures.
Ton profil est sans trêve une brûlure
ton cœur une colombe déliée.

Elle chante dans l'air, libre de chaîne,
la matinale et tendre mélodie,
douleur de lys et comble de lumière.

Nous cependant ici-bas, jour et nuit,
nous te ferons aux croisées de la peine
une guirlande de mélancolie.

BERCEUSE POUR MERCÉDÈS MORTE

Te voici donc endormie
avec ta barque de bois au bord de la rive,
blanche princesse de jamais!

Dors dans la nuit profonde,
corps de terre et de neige!
Dors dans la blancheur de l'aube! Dors!

Et voici que tu t'éloignes endormie
sur ta barque de brume et de songe le long de la rive!

A CARMÉLA LA PÉRUVIENNE

Une aube de jacinthe illumine ma main
quand j'écris ton nom d'encre et de cheveux d'ébène
et voudrait dans la cendre neutre de mon vers
susciter l'argile et le jour d'un été souverain.

Un Apollon d'ivoire efface le bord inhumain
où mon sang veut tisser les joncs de la saison nouvelle,
faible souffle d'alun, aiguilles de chimère
qui affolent d'épis le silence du grain.

Dans ce duel à mort pour la plus pure poésie,
duel de rose et de vers, d'ivresse et de mesure,
tes dons sont des soleils d'ancienne joie qui brillent.

O brune jeune fille à la fine ceinture!
O Pérou de métal et de mélancolie!
Espagne! Lune morte sur la pierre dure!

CHANT NOCTURNE DES MARINS ANDALOUS

De Cadix à Gilbraltar
qu'il fait bon venir!
La mer reconnaît mon pas
à mes soupirs.

Oh, la belle là-bas
que de barques au port de Malaga!

De Cadix à Séville
que de citrons brillent!
Leurs arbres me reconnaissent
à mes soupirs.

Oh, la belle là-bas
que de barques au port de Malaga!

De Séville à Carmona
pas un couteau d'acier.
La demi-lune coupe,
le vent s'en va blessé.

Ohé, garçon là-bas,
la vague emporte mon cheval!

Sur les salines mortes
je t'ai perdu, cher souvenir.
Qui veut un cœur, je le lui donne
contre mon oubli.

Ohé, garçon là-bas,
la vague emporte mon cheval!

Cadix, la mer te recouvre!
N'avance pas si loin.
Séville, mets-toi debout
pour échapper à la rivière!

Oh, la belle!
Ohé, garçon!
Qu'il fait bon venir!
Que de barques au port
et sur la plage, quelle bise.

SONNETS

Spectre d'argent aux franges qui frémissent,
la brise de la nuit en soupirant
rouvre ma vieille plaie de sa main grise
et s'éloigne : je reste pantelant.

Douleur d'amour d'où rejaillit la vie,
puits éternel de lumière et de sang,
retraite où Philomèle muette et triste
trouve son nid, ses bois et son tourment.

Ah, quelle douce rumeur dans ma tête!
Je m'étendrai près de la fleur naïve
où flottera sans âme ta beauté,

et là, tandis que bondira l'eau vive,
mon sang se répandra par la jonchaie
humide et odorante de la rive.

LE POÈTE DEMANDE A SON AMOUR DE LUI ÉCRIRE

O vive mort, amour de tout mon être,
j'espère vainement ton signe écrit
et pense avec la fleur qui se flétrit
que si je vis sans moi autant te perdre.

Oui, l'air est immortel. La pierre inerte
ne connaît l'ombre et non plus ne l'évite.
Cœur intérieur, de rien ne lui profite
le miel gelé que la lune lui verse.

Mais moi je souffre et j'ai ouvert mes veines
dans un tourment de lys et de morsures,
tigre et colombe au-dessus de ton sein.

Apaise donc d'un mot cette brûlure
ou bien laisse-moi vivre en ma sereine
nuit de l'âme à tout jamais obscure.

J'ai peur de perdre la merveille
de tes yeux de statue et cet accent
que vient poser la nuit près de ma tempe
la rose solitaire de ton haleine.

Je m'attriste de n'être en cette rive
qu'un tronc sans branche et mon plus grand tourment
est de n'avoir la fleur — pulpe ou argile —
qui nourrirait le ver de ma souffrance.

Si tu es le trésor que je recèle
ma douce croix et ma douleur noyée
et si je suis le chien de ton altesse

ah, garde-moi le bien que j'ai gagné
et prends pour embellir ta rivière
ces feuilles d'un automne désolé.

Je sais que mon profil sera tranquille
sur la mousse d'un nord sans nul reflet,
Mercure de vigile, miroir vierge
où s'éteindront les pulsations du style.

Car si le lierre et la fraîcheur du fil
furent les lois du corps que je délaisse,
mon profil sur le sable aura l'ancien
silence sans rougeur de crocodile.

Et quand j'aurais non plus ce goût de braise
sur une langue de ramiers transis
mais la saveur déserte du genêt,

signe libre des normes asservies
je revivrai toujours, branche figée,
foisonnement de dahlias meurtris.

VIII

Deux conférences

Traduction
d'André Belamich.

L'IMAGE POÉTIQUE CHEZ DON LUIS DE GONGORA

(Extraits)

Chers camarades,

Il m'est bien difficile de vous parler d'un sujet aussi complexe et particulier que celui de la poésie de Gongora; mais je vais faire de mon mieux pour vous intéresser un instant au jeu enchanteur de l'émotion poétique, si indispensable à la vie de l'homme cultivé.

Évidemment, je ne voudrais pas vous raser; c'est pourquoi, dans ce modeste travail, j'ai tâché de varier les points de vue, tout en apportant, bien entendu, ma contribution personnelle à la critique du grand poète de l'Andalousie.

Avant d'aller plus loin, je suppose que vous savez tous qui était don Luis de Gongora et ce que c'est qu'une image poétique. Vous avez tous fait votre rhétorique et vos professeurs, à de rares exceptions près, parmi les jeunes, vous ont déclaré que Gongora était un excellent poète qui, tout d'un coup, pour diverses raisons, versa dans la pire extravagance (d'ange de lumière il se changea en ange de ténèbres, selon la formule consacrée) et soumit la langue à des contorsions et à des rythmes inintelligibles à un esprit sain. Voilà ce qu'on vous a appris au lycée, tandis qu'on vous vantait Nuñez de Arce l'insipide, Campoamor, le poète-journaliste des noces, baptêmes, enterrements, voyages en express, etc.; ou le mauvais Zorrilla (et non le magnifique Zorrilla des drames et des légendes) : mon professeur de littérature nous en déclamait des tirades tout en arpentant la classe, et ne s'arrêtait qu'à bout de souffle, la langue pendante, au milieu de l'hilarité générale.

Gongora a été attaqué avec acharnement et défendu avec ardeur. Aujourd'hui son œuvre palpite comme s'il venait de l'écrire. Les murmures et les discussions s'attardent autour de sa gloire, mais avec un peu plus de décence.

Quant à l'image poétique, c'est toujours un transfert de sens.

Le langage est fondé sur l'image; nous en avons, chez nous, une profusion magnifique. On appelle « ailier » la partie saillante du toit, c'est une image superbe; on appelle tel gâteau « lardon du ciel » ou « soupir de nonne », c'est drôle et subtil; on appelle une coupole « demi-orange », et ainsi de suite, à l'infini. En Andalousie, les images populaires atteignent à un merveilleux degré de finesse et de sensibilité. Ce sont des transpositions tout à fait dignes de Gongora.

Un cours d'eau profond qui coule avec lenteur à travers la campagne, on l'appelle là-bas un « bœuf d'eau », pour marquer son volume, sa combativité et sa force; et j'ai entendu dire à un cultivateur de Grenade : « L'osier se plaît à la *langue* de la rivière. » Bœuf d'eau et langue de rivière, voilà deux images forgées par le peuple et qui correspondent à une manière de voir déjà bien proche de celle de Gongora.

... Gongora, il ne faut pas le lire, mais l'étudier.

Gongora ne vient pas nous chercher, comme d'autres poètes, pour nous mettre dans un état de mélancolie; non, il faut le poursuivre méthodiquement. Impossible d'y rien comprendre à première lecture. Une œuvre philosophique peut n'être entendue que d'un petit nombre, sans que personne taxe l'auteur d'obscurité. En poésie, il n'en va pas de même, semble-t-il.

Pour quelles raisons Gongora fit-il sa révolution lyrique? Ces raisons? Un besoin profond de beauté nouvelle le pousse à remodeler la langue. Il était de Cordoue et savait le latin comme personne. N'interrogeons point l'histoire, mais son âme. Il invente, pour la première fois dans la littérature espagnole, une nouvelle méthode pour chasser et informer les métaphores; il pense, sans le dire, que l'éternité d'un poème dépend de la qualité et de la texture de ses images.

Plus tard, Marcel Proust écrira : « La métaphore seule peut donner une sorte d'éternité au style [1]. »

Le besoin d'une beauté nouvelle et l'ennui que lui causait la production poétique de son époque développèrent en lui une sensibilité critique aiguë jusqu'à l'intolérance. Il en arriva presque à haïr la poésie.

Il ne pouvait plus créer de poèmes dans le vieux style castillan, il n'aimait plus la simplicité héroïque du « romance » [2]. Lorsque, pour ne pas travailler, il contemplait le panorama lyrique de son temps, il le trouvait

1. Dans *Chroniques :* A propos du « style » de Flaubert, Gallimard, p. 193. *(N. d. T.)*

2. Le « romance », dont l'origine remonte aux chansons de geste, est en général un poème d'allure populaire, écrit en mètre de huit pieds et soumis à une assonance unique à tous les vers pairs. *(N. d. T.)*

plein de défauts, d'imperfections, de sentiments vulgaires. Toute la poussière de la Castille emplissait son âme et sa soutane de prébendier. Il trouvait les poèmes des autres imparfait, négligés, bâclés.

Alors, las des Castillans et de la « couleur locale », il lisait son Virgile avec la délectation d'un homme assoiffé d'élégance. Sa sensibilité lui faisait voir les choses au microscope. Il voyait la langue espagnole pleine de creux et de bosses, et son instinct poétique raffiné lui fit construire une tour d'un nouveau genre, avec des gemmes et des pierres précieuses inventées qui irritèrent l'orgueil des Castillans dans leurs palais de terre séchée. Il mesura la fugacité du sentiment humain et la faiblesse des expressions spontanées qui n'émeuvent qu'un temps et il voulut que la beauté de son œuvre prît racine dans la métaphore pure de réalités périssables, dans la métaphore sculpturale et située hors de l'atmosphère.

Il aimait la beauté objective, la beauté pure et inutile, exempte des angoisses communicables.

Tandis que tout le monde réclame le pain quotidien, lui, réclame la pierre précieuse de tous les jours. Sans le moindre sens de la « réalité vraie », mais maître absolu de la réalité poétique. Que fait le poète pour donner une unité et des proportions justes à son credo esthétique? Il se limite. Il fait son examen de conscience et, grâce à sa faculté critique, il étudie le mécanisme de sa création.

Le poète doit être un savant selon les cinq sens. Les cinq sens dans cet ordre : vue, toucher, ouïe, odorat et goût. Pour être maître des plus belles images, il doit ouvrir entre eux des portes de communication et souvent superposer leurs sensations, voire déguiser leur nature.

Ainsi Gongora peut-il dire dans sa première *Solitude* :

Des oiseaux peints — cithares de plume —
couronnent la chapelle barbare,
tandis que le ruisseau, pour mieux l'entendre,
fait de sa blanche écume
autant d'oreilles que de cailloux il lave.

Et il peut dire en décrivant une bergère :

Sur ses cheveux où de la rive passent
la rose la plus belle avec l'iris,
la nuance et l'éclat tour à tour éblouissent,
aurore de rayons et soleil de pétales

ou :

des ondes les poissons au vol muet

ou bien :

de vertes voix

ou encore :

voix peinte, chant ailé,
orgue de plume.

Pour qu'une métaphore soit viable, elle requiert deux conditions essentielles : la forme et un certain rayon d'action. Son noyau central et une ronde perspective alentour. Le noyau s'ouvre comme une fleur dont l'étrangeté nous surprend, mais dans le rayon de lumière qui l'entoure nous trouvons le nom de cette fleur et nous reconnaissons son parfum. La métaphore est toujours commandée par la vue (parfois par une vue sublimée); c'est la vue qui lui confère ses limites et sa réalité. Il n'est pas jusqu'aux plus évanescents des poètes anglais, comme Keats, qui n'éprouvent le besoin de dessiner et de limiter leurs métaphores et leurs figurations, et ce qui *sauve* Keats des dangers de ses visions poétiques c'est sa plasticité admirable. Il s'exclamera ensuite : « Seule la Poésie peut raconter ses rêves. » La vue ne permet pas à l'ombre de troubler le contour de l'image qui s'est dessinée devant elle.

Un aveugle de naissance ne sera jamais un poète plastique, créateur d'images objectives, car il n'a pas idée des proportions de la nature. L'aveugle est plus à son aise dans le champ de lumière sans limites de la mystique, vide d'objets réels et traversé de longs souffles de sagesse.

Toutes les images s'ouvrent donc dans le champ visuel.

Le tact renseigne sur la qualité de la matière lyrique. Sur sa qualité... presque picturale. Quant aux images que construisent les autres sens, elles sont subordonnées aux premiers.

L'image est donc un échange de costumes, de fins ou de rôles, entre des objets ou des idées de la nature. Elle a ses plans et ses orbites. La métaphore unit deux mondes antagonistes par le saut équestre de l'imagination. Le cinéaste Jean Epstein dit que « c'est un théorème où l'on saute sans intermédiaire de l'hypothèse à la conclusion ». Exactement.

L'originalité de don Luis de Gongora, toute question purement grammaticale mise à part, consiste dans sa méthode de *chasser* les images, qu'il perfectionne en conciliant ses dramatiques antagonismes par le saut équestre du mythe. Il étudie les belles conceptions des classiques, et, fuyant la montagne et ses visions lumineuses, il s'assied au bord de la mer où le vent

lui ouvre sur un lit d'ondes marines
des rideaux de turquoise.

Là, il attache et bride son imagination, comme ferait un sculpteur, avant d'attaquer son poème. Et il souhaite si fort le dominer et le circonscrire qu'il aime inconsciemment les îles, estimant avec raison que ce que l'on peut le mieux gouverner et posséder c'est la rondeur définie et visible d'une terre cernée par les flots. Son mécanisme imaginatif est parfait. Chacune de ses images est parfois un mythe nouveau.

Il harmonise et rend plastiques, non sans leur faire violence quelquefois, les mondes les plus distincts. Entre ses mains, il n'y a ni désordre ni disproportion. Entre ses mains, les mers, les royaumes géographiques et les vents déchaînés sont comme des jouets. Il unit les sensations astronomiques aux détails les plus imperceptibles de l'infiniment petit, avec un sens des masses et des matières inconnu jusqu'alors en poésie.

Dans sa première *Solitude*, il écrit (vers 34 à 41) :

Nu, le jeune homme à l'Océan réclame
le vêtement ravi,
le lui fait endre aux sables
puis l'étend au soleil
qui, le léchant à peine
d'un coup de langue aux flammes tempérées,
peu à peu l'envahit et doucement
du moindre fil suce la moindre goutte.

Avec quel tact judicieux nous voyons accordés ici l'océan, le dragon d'or du Soleil chargeant avec sa langue tiède, et ce vêtement mouillé du jeune homme où la tête aveugle de l'astre « du moindre fil suce la moindre goutte »! Dans ces huit vers il y a plus de nuances que dans cinquante octaves de la *Jérusalem délivrée* du Tasse. Car tous les détails y sont étudiés et sentis comme dans un joyau d'orfèvrerie. Rien ne donne la sensation du soleil qui tombe, mais sans lourdeur, comme ces vers :

qui, le léchant à peine
. . . .
peu à peu l'envahit...

Comme il tient son imagination bien en main, le poète l'arrête quand il le veut et ne se laisse pas entraîner par les obscures forces naturelles de la loi d'inertie ni par les mirages éphémères où vont mourir les poètes imprudents, comme les papillons à la flamme des lanternes. Il y a dans les *Solitudes* des moments d'une beauté incroyable. On n'arrive pas à imaginer comment le poète joue avec d'aussi grandes masses et des termes géographiques sans tomber dans le monstrueux ou dans l'hyperbole déplaisante.

... Mais ce qu'il y a de plus remarquable c'est que, traitant de formes et d'objets de petites dimensions, il le fasse avec le même amour et la même grandeur poétique. Pour lui une pomme est aussi intensément vivante que la mer, et une abeille aussi surprenante qu'une forêt. Il se place en face de la nature avec des yeux pénétrants et admire l'identique beauté que possèdent également toutes les formes. Il pénètre dans ce que l'on peut appeler l'univers de chaque chose, mettant ses sentiments à l'échelle de ce qui l'entoure. C'est pourquoi une pomme lui importe autant que la mer, car il sait que la pomme dans son propre univers est aussi infinie que la mer dans le sien. La vie d'une pomme, du moment où elle est une frêle fleur jusqu'à celui où, dorée, elle tombe dans l'herbe, est aussi mystérieuse et aussi vaste que le rythme périodique des marées. Et un poète doit le savoir. La grandeur d'un poème ne dépend pas de l'ampleur du thème, de ses proportions ou des sentiments qu'il met en action. On pourrait faire un poème épique de la lutte que mènent les leucocytes dans les ramures captives des veines ; on pourrait donner une inépuisable impression d'infini rien qu'avec la forme et l'odeur d'une rose.

Gongora n'emploie qu'une mesure pour tous ses thèmes et il analyse les fruits et les objets tout comme il manie en cyclope les mers et les continents. Plus encore : il se récrée aux petites choses avec plus de ferveur.

Dans la dixième octave de la fable *Polyphème et Galatée*, il chante

la poire qui eut pour berceau doré
la blonde paille; et sa pâle tutrice
la cèle avare et prodigue la dore.

Il qualifie la paille de *pâle tutrice* du fruit, puisque c'est dans son sein que, détaché encore vert de sa mère la branche, il achève de mûrir. *Pâle tutrice* qui *la cèle avare et prodigue la dore*, puisqu'elle la dissimule aux regards pour la vêtir d'une robe d'or.

Il écrit encore :

Verte colline aux tempes de lauriers
lâchant espiègles tous ses habitants
de ses entrailles sombres,
jeunes lapins qui, le vent consulté,
sortent pour folâtrer parmi les fleurs.

Avec quel charme il exprime l'arrêt brusque et le froncement de museau de l'animal au sortir de son terrier :

jeunes lapins qui, le vent consulté,
sortent pour folâtrer parmi les fleurs.

Plus significatifs encore sont ces vers sur une ruche installée dans le tronc d'un arbre, dont il dit qu'elle est la forteresse de *celle* (l'abeille)

qui sans couronne vole et sans épée,
susurrante amazone, Didon ailée
d'une plus chaste armée, d'une plus belle
République, entourée, au lieu de murs,
d'écorce; et là, dans sa haute Carthage
règne l'abeille, or vaguement épars,
qui tantôt boit le suc des brises pures
ou la sueur des cieux, lorsqu'elle puise
des muettes étoiles la salive.

Voilà qui est presque d'une grandeur épique. Or c'est d'une abeille et de sa ruche que parle le poète. « République entourée, au lieu de murs, d'écorce », c'est ainsi qu'il qualifie la ruche sylvestre. Il affirme que l'abeille, « susurrante amazone », « boit le suc des brises pures », il appelle la rosée « sueur des cieux » et le nectar

« salive » des fleurs, ces « muettes étoiles ». Ne fait-il pas preuve ici du même sens de la grandeur que lorsqu'il nous parle de l'océan de l'Aube et qu'il emploie des termes d'astronomie? Il double et triple l'image pour nous placer à des plans différents dont il a besoin pour enrichir la sensation et nous la communiquer sous tous ses aspects. C'est surprenant de poésie pure.

Gongora avait une grande culture classique qui lui donnait confiance en lui.

C'est lui qui invente à son époque cette incroyable image de l'horloge :

aux heures de chiffres vêtues

Il qualifie une grotte, sans la nommer, de « bâillement mélancolique de la terre ». Entre ses contemporains, seul Quevedo a d'aussi heureuses trouvailles, mais non d'égale qualité Il a fallu attendre le XIXe siècle pour que vînt Stéphane Mallarmé, ce grand poète, ce professeur halluciné qui promenait rue de Rome son incomparable lyrisme abstrait et qui ouvrit le chemin venteux et difficile des nouvelles écoles poétiques. Jusque-là Gongora n'avait pas eu de meilleur disciple. Et Mallarmé ne le connaissait même pas! Il aime comme lui les cygnes, les miroirs, les lumières dures, les chevelures de femmes; il connaît lui aussi le tremblement fixe du baroque. La différence est que Gongora est plus puissant, apporte avec lui une richesse verbale inconnue de Mallarmé et qu'il possède un sentiment de la beauté extatique que le délicieux humour des modernes et la pointe empoisonnée de l'ironie font disparaître de leurs poèmes.

Naturellement, Gongora ne crée pas ses images directement d'après nature, mais il porte l'objet, la chose ou l'acte à la chambre noire de son cerveau d'où ils sortent transformés pour faire le grand saut jusqu'à l'autre monde avec lequel ils se fondent. C'est pourquoi, comme sa poésie n'est pas directe, il est impossible de la lire devant les objets dont elle parle. Les peupliers, les roses, les bergers et les mers du spirituel Cordouan sont recréés à neuf. Il appelle la mer « émeraude brute dans le marbre enchâssée, toujours liquide », ou le peuplier « verte lyre ». D'ailleurs, rien n'est plus imprudent que de lire, une rose à la main, un madrigal composé pour une rose. Le madrigal ou la rose est de trop.

Gongora a un univers à part, comme tout grand poète. Un univers avec ses traits essentiels et ses différences caractéristiques.

Le poète qui va faire un poème (je le sais par expérience personnelle) a la sensation vague qu'il s'en va à une chasse nocturne tout au fond d'un bois. Une frayeur inexplicable circule dans son cœur. Pour se rassurer, il est bon de boire alors un verre d'eau fraîche et de tracer avec la plume des traits noirs sans signification. Je dis : noirs, parce que... je vais vous faire une confidence... je n'emploie pas d'encre de couleur. Le poète s'en va donc à la chasse. Des souffles délicats rafraîchissent le cristal de ses yeux. La lune, arrondie comme une corne de doux métal, vibre dans le silence des dernières branches. Des cerfs blancs apparaissent dans l'éclaircie des troncs. La nuit tout entière se recueille sous un écran de rumeur. Des eaux profondes et calmes miroitent entre les joncs... Il faut se lancer. Et c'est le moment périlleux pour le poète. Le poète doit tenir un plan des lieux qu'il va parcourir et demeurer serein, face aux mille beautés et aux mille laideurs travesties en beautés qui vont défiler sous ses yeux. Il doit se boucher les oreilles, comme Ulysse devant les sirènes, et décocher ses traits sur les métaphores vivantes et non sur leurs faux-semblants, qui l'accompagnent en route. Moment périlleux si le poète s'abandonne, car, alors, il ne pourra jamais mener à bien son œuvre. Le poète doit aller à sa chasse, le cœur pur et serein, déguisé s'il le faut. Il tiendra bon contre les mirages et guettera, l'oreille tendue, les proies palpitantes et réelles qui nourriront le poème dont il entrevoit le dessin. Il faut parfois pousser de grands cris dans la solitude poétique pour chasser les mauvais esprits de la facilité qui veulent nous entraîner aux complaisances vulgaires privées de sens esthétique, d'ordre et de beauté. Personne de mieux préparé que Gongora à cette chasse intérieure. Il ne se laisse pas éblouir, dans son paysage mental, par l'image colorée ou trop brillante. Il chasse, lui, celle que presque personne ne voit, parce que dissociée du reste, image blanche et délaissée qui anime les passages les plus inattendus de ses poèmes. Sa fantaisie compte avec ses cinq sens. Ses cinq sens, comme cinq esclaves sans couleur qui lui obéissent aveuglément et ne l'égarent pas comme les autres mortels. Il a la claire intuition que la nature qui est sortie des mains de Dieu n'est pas la nature qui doit vivre dans ses poèmes et il ordonne ses paysages après en avoir analysé les éléments. On pourrait dire qu'il fait passer la nature et ses nuances par la discipline de la mesure musicale.

... Le grand poète français Paul Valéry déclare que l'état d'inspiration n'est pas celui qui convient pour écrire un poème. De même que je crois à l'inspiration que Dieu envoie, je pense que Valéry est dans le vrai. L'état d'inspiration est un état de recueillement, mais non de dynamisme créateur. Il faut que la vision mentale repose et se décante. Nul grand artiste, d'après moi, ne peut travailler en état de fièvre. Même les mystiques. Ils écrivent lorsque l'ineffable colombe du Saint-Esprit a déserté leur cellule et se perd dans les nuées. On revient de l'inspiration comme on revient d'un pays étranger. Le poème est la relation du voyage. L'inspiration donne l'image, non le vêtement. Or, pour l'habiller, il faut mesurer, d'une âme égale, en se défendant de tout entraînement dangereux, la qualité et la sonorité de la parole...

THÉORIE ET JEU DU « DUENDE »

Mesdames et Messieurs,

Depuis l'année 1918, où j'entrai à la Résidence des Étudiants de Madrid, jusqu'à 1928, où je la quittai, après avoir achevé mes études de philosophie et de lettres, j'ai entendu, dans cette même salle raffinée, que fréquentait, pour corriger sa frivolité de plage française, la vieille aristocratie espagnole, près d'un millier de conférences.

Avide de grand air et de soleil, je m'y ennuyais à tel point qu'en sortant je me sentais couvert d'une légère couche de cendre prête à se changer en poudre à gratter.

Eh bien, non, je ne voudrais pas laisser entrer ici ce terrible bourdon de l'ennui qui passe à travers toutes les têtes un fil ténu de sommeil et lance aux yeux de l'assistance de petites poignées d'épingles.

En toute simplicité, dans le registre de ma voix poétique qui exclut les reflets du bois, les détours de la ciguë et les brebis qui se muent brusquement en couteaux d'ironie, je vais tâcher de vous faire un simple exposé sur l'esprit caché de l'Espagne douloureuse.

Quand on se trouve sur la peau de taureau tendue

entre le Jucar, le Guadalete, le Sil ou le Pisuerga (je ne citerai pas les ondes couleur crinière de lion qu'agite le Plata), on entend dire assez fréquemment : « Voilà qui a beaucoup de *duende* ». Manuel Torrés, grand artiste du peuple andalou, disait à quelqu'un qui chantait : « Toi, tu as de la voix, tu connais les styles, mais tu ne triompheras jamais, car tu n'as pas de *duende.* »

Dans toute l'Andalousie, roche de Jaen et conques de Cadix, les gens parlent constamment du *duende* et le détectent, dès qu'il se manifeste, avec un sûr instinct. Le merveilleux chanteur « El Lebrijano », créateur de la *debla,* disait : « Les jours où je chante avec *duende,* personne ne peut me surpasser »; la vieille danseuse gitane « La Malena » s'exclama un jour, en entendant Brailowsky jouer un fragment de Bach : « Olé! Ça, ça a du *duende!* », tandis que Gluck, Brahms et Darius Milhaud l'ennuyaient. Et Manuel Torrés, l'homme à ma connaissance qui a le plus de culture dans le sang, après avoir entendu Manuel de Falla lui-même jouer son *Nocturne du Généralife,* eut ce mot splendide : « Tout ce qui a des sons noirs a du *duende.* » Et il n'est pas de plus grande vérité.

Ces sons noirs sont le mystère, les racines qui s'enfoncent dans le limon que nous connaissons tous, que nous ignorons tous, mais d'où nous parvient ce qui est la substance de l'art. « Les sons noirs », dit l'homme du peuple espagnol, se rencontrant avec Gœthe qui, à propos de Paganini, définit le *duende* : « Pouvoir mystérieux que tous ressentent et que nul philosophe n'explique. »

Ainsi donc, le *duende* est pouvoir et non œuvre, combat et non pensée. J'ai entendu dire à un vieux maître guitariste : « Le *duende* n'est pas dans la gorge, le *duende* vous monte en dedans, depuis la plante des pieds. » Autrement dit, ce n'est pas une question de faculté, mais de véritable style vivant; c'est-à-dire de sang; c'est-à-dire de culture antique, de création en acte.

Ce « pouvoir mystérieux que tous ressentent et que nul philosophe ne peut expliquer » est, en somme, l'esprit de la terre, le même *duende* qui étreignait le cœur de Nietzsche, qui le cherchait dans ses formes extérieures sur le pont du Rialto ou dans la musique de Bizet, sans le trouver et sans se douter que le *duende* qu'il poursuivait avait passé de la Grèce mystérieuse aux danseuses de Cadix et au cri dionysiaque, décapité, de la *siguiriya* de Silverio.

Ainsi donc, je voudrais que personne ne confonde le *duende* avec le démon théologique du doute, contre lequel Luther, animé d'un sentiment bachique, lança un encrier à Nuremberg, ni avec le diable catholique, destructeur et borné, qui se déguise en chienne pour entrer dans les couvents, ni avec le singe parlant que mène son interprète, chez Cervantès, dans la comédie de la jalousie et des forêts d'Andalousie [1].

Non. Le *duende* dont je vous parle, obscur et frémissant, est le descendant du pétulant démon de Socrate, marbre et sel, qui le griffa, tout indigné, le jour où il prit la ciguë; et de cet autre mélancolique diablotin de Descartes, menu comme une amande verte, qui, fatigué des cercles et des droites, sortait le long des canaux pour entendre chanter les matelots ivres.

Tout homme, tout artiste, dira Nietzsche, ne gravit

1. Cervantès a écrit une comédie intitulée : *La Maison de la jalousie et les forêts d'Ardenne*. Mais Lorca doit faire allusion à un passage de *Don Quichotte* où figure Maître Pierre avec son singe parlant (2e partie, ch. XXV) *(N. d. T.)*.

de degré dans la tour de sa perfection qu'au prix du combat qu'il soutient contre un démon — et non contre un ange, comme on le prétend, ni contre sa muse. Il importe de faire cette distinction fondamentale quant à la racine de l'œuvre.

L'ange guide et comble, comme saint Raphaël; garde et protège, comme saint Michel; et il prévient, comme saint Gabriel.

L'ange éblouit, mais il vole sur la tête de l'homme, il est au-dessus de lui, il répand sa grâce, et l'homme, sans le moindre effort, réalise son œuvre, ses sympathies ou sa danse. L'ange du chemin de Damas, celui qui pénétra par la petite fenêtre entrebâillée d'Assise, ou celui qui suivit les pas d'Enrique Susson [1] *ordonnent*, et il n'y a pas moyen de s'opposer à leur lumière, car ils agitent leur ailes d'acier dans l'aura du prédestiné.

La muse dicte et, à l'occasion, souffle. Son pouvoir se réduit relativement à peu de chose — moi, je l'ai vue deux fois— elle s'éloigne et se fatigue si vite que j'ai dû lui mettre un demi-cœur de marbre. Les poètes de la muse entendent des voix, sans savoir d'où elles viennent. Ce sont celles de la muse qui les inspire... et les gobe parfois. Témoin Apollinaire, ce grand poète, détruit par l'horrible muse avec laquelle le peignit le divin, l'angélique Rousseau. La muse éveille l'intelligence, fournit des paysages de colonnes et la saveur trompeuse des lauriers; mais l'intelligence est bien souvent l'ennemie de la poésie, car elle imite trop, car elle élève le poète sur un trône d'arêtes aiguës et lui fait oublier que tout d'un coup les fourmis peuvent le

1. Il s'agit certainement ici du mystique Heinrich Suso (1295-1365) *(N. d. T.)*.

dévorer ou qu'il peut lui tomber sur le crâne une grande sauterelle d'arsenic contre laquelle sont impuissantes les muses qui logent dans les monocles ou dans les roses de laque tiède des boudoirs.

Ange et muse viennent du dehors. L'ange donne des lumières. La muse donne des formes (Hésiode fut son disciple). Pain d'or ou pli de tunique, le poète reçoit des préceptes dans son petit bosquet de lauriers. En revanche, le *duende*, c'est dans les ultimes demeures du sang qu'il faut le réveiller.

Et chasser l'ange et envoyer promener la muse et ne plus se laisser intimider par le parfum de violettes qu'exhale la poésie du XVIIIe siècle ou par les verres du grand télescope où sommeille la muse, malade de limites.

Le véritable combat se livre contre le *duende*.

On connaît bien des façons de chercher Dieu : la voie barbare de l'ermite et celle, plus subtile, du mystique. Il y a la tour de sainte Thérèse et les trois chemins de saint Jean de la Croix. On a beau clamer avec la voix d'Isaïe : « Tu es véritablement le Dieu caché », en fin de compte, Dieu envoie à celui qui le cherche ses premières épines de feu.

Pour chercher le *duende*, il n'existe ni carte ni ascèse. On sait seulement qu'il brûle le sang comme un topique de verre, qu'il épuise, qu'il rejette toute la douce géométrie apprise, qu'il brise les styles, qu'il force Goya, passé maître dans les gris, les roses et les tons d'argent de la meilleure peinture anglaise, à broyer avec les genoux et les poings d'horribles noirs de bitume; qu'il dénude le Père Cinto Verdaguer [1] dans le froid des

1. Poète et mystique catalan (1845-1902) *(N. d. T.)*.

Pyrénées; qu'il entraîne Jorge Manrique dans les solitudes d'Ocaña pour y attendre la mort; qu'il couvre d'un costume vert de saltimbanque le corps délicat de Rimbaud et qu'il donne des yeux de poisson mort au comte de Lautréamont dans le petit matin du boulevard.

Les grands artistes du sud de l'Espagne, gitans ou *flamencos*, qu'ils chantent, qu'ils dansent, ou qu'ils jouent de la guitare, savent que nulle émotion n'est possible sans la venue du *duende*. Ils peuvent tromper le monde et donner le change, comme le font tous les jours des auteurs, des peintres et autres faiseurs privés de *duende ;* mais il suffit d'être un peu attentif, de ne pas céder à l'indifférence pour éventer la ruse et la débusquer avec ses grossiers artifices.

Un soir, la chanteuse andalouse Pastora Pavon, « la Niña de los Peines », sombre génie hispanique, comparable en puissance de fantaisie à Goya ou à Rafael el Gallo, chantait dans une petite taverne de Cadix. Elle jouait avec sa voix d'ombre, avec sa voix d'étain fondu, avec sa voix couverte de mousse et l'enroulait à sa chevelure, la trempait dans le manzanilla ou la perdait tout au fond de sombres halliers. En pure perte. L'auditoire restait de marbre.

Il y avait là Ignacio Espeleta, beau comme une tortue romaine, à qui on avait demandé un jour : « Pourquoi est-ce que tu ne travailles pas ? » Il avait répondu, avec un sourire digne d'Arganthonios : « Moi, travailler ? Je suis de Cadix. »

Il y avait également Eloisa, la chaude aristocrate, prostituée de Séville, descendante directe de Soledad Vargas, qui en 30 avait refusé d'épouser un Rothschild, qu'elle trouvait indigne de son sang. Il y avait les Florida, qu'on prend pour des bouchers, alors qu'en réalité ils perpétuent la tradition millénaire des sacerdotes qui sacrifient des taureaux à Géryon, et, dans un coin, l'imposant éleveur don Pablo Murube avec son air de masque crétois. Pastora Pavon s'arrêta de chanter au milieu du silence général. Seul, sarcastique, un petit bout d'homme, un de ces minuscules danseurs qui jaillissent tout d'un coup des bouteilles d'eau-de-vie, murmura tout bas : « Vive Paris! » comme pour dire : « Ici, ce qui compte, ce ne sont pas les moyens, ni la technique, ni la maîtrise, c'est autre chose. »

Alors, la Niña de los Peines se leva comme une folle, courbée en deux telle une pleureuse du Moyen Age, avala d'un trait un grand verre de Cazalla brûlant, et se rassit pour chanter, sans voix, sans souffle, sans nuances, la gorge en feu, mais... avec *duende*. Elle avait réussi à jeter bas l'échafaudage de la chanson, pour livrer passage à un démon furieux et dévorant, frère des vents chargés de sable, sous l'empire de qui le public lacérait ses habits, presque à la même cadence que les nègres antillais du rite, massés devant l'image de sainte Barbara.

La Niña de los Peines dut déchirer sa voix, car elle se savait écoutée de connaisseurs difficiles qui réclamaient non point des formes, mais la moelle des formes, une musique pure avec juste assez de corps pour tenir en l'air... Elle dut réduire ses moyens, ses chances de sécurité; autrement dit, elle dut éloigner sa muse et attendre, sans défense, que le *duende* voulût bien venir engager avec elle le grand corps à corps. Mais alors, comme elle chanta! Sa voix ne jouait plus; sa voix, à force de douleur et de sincérité, lançait un jet de sang et s'ouvrait comme cette espèce de main à dix doigts que font les pieds cloués et convulsés de bourrasque d'un Christ de Juan de Juni.

La venue du *duende* présuppose toujours un bouleversement radical de toutes les formes traditionnelles, procure une sensation de fraîcheur tout à fait inédite, qui a la qualité de la rose nouvellement créée, du miracle, et suscite un enthousiasme quasi religieux.

Dans toute la musique arabe — danse, chanson ou élégie — la venue du *duende* est saluée d'énergiques : Allah! Allah! (Dieu! Dieu!) si proches du *olé!* des courses de taureaux qu'on se demande si ce n'est pas le même mot; et dans tous les chants du sud de l'Espagne, l'apparition du *duende* s'accompagne de ce cri du cœur « Vive Dieu! », exclamation profonde, humaine et tendre, jaillie de la communication avec Dieu par le moyen des cinq sens, grâce au *duende* qui meut la voix et le corps de la danseuse, évasion réelle et poétique hors de ce monde, aussi pure que celle qu'obtient à travers ses sept jardins ce très rare poète du XVIIe siècle : Pedro Soto de Rojas, ou Jean Climaque au sommet d'une tremblante échelle de larmes.

Bien entendu, lorsque cette évasion s'accomplit, tout le monde en ressent les effets : l'initié, qui admire comme le style triomphe d'une matière pauvre, et le profane qui éprouve confusément une émotion authentique. Voici quelques années, un concours de danse avait lieu à Jerez de la Frontera. Eh bien, c'est une vieille de quatre-vingts ans qui enleva le prix à de belles femmes, à des jeunes filles à la ceinture d'eau, uniquement parce qu'elle savait lever les bras, redresser la tête et taper du talon contre l'estrade. Sur cette assemblée d'anges et de muses, éblouissante de beauté et de grâce, celui qui devait l'emporter, et qui l'emporta, fut ce *duende* moribond qui traînait à ras de terre ses ailes de couteaux rouillés.

*

Tous les arts sont susceptibles de *duende*, mais là où il se déploie le plus librement, c'est, naturellement, dans la musique, dans la danse et dans la poésie déclamée, parce que ces arts ont besoin d'un corps vivant qui les interprète, étant une suite de formes qui naissent et meurent perpétuellement et dressent leurs profils sur un présent exact.

Souvent le *duende* du musicien passe à l'interprète; mais parfois, lorsque le musicien ou le poète en sont dépourvus, c'est celui de l'interprète — chose remarquable — qui crée une merveille nouvelle n'ayant plus de la forme primitive que l'apparence. C'est le cas de l'inspirée Eleonora Duse, qui recherchait des œuvres manquées pour les faire triompher, grâce à son invention; ou celui de Paganini qui, à en croire Gœthe, faisait jaillir des mélodies profondes de vulgaires platitudes; ou encore celui d'une délicieuse enfant du port de Santa Maria que j'ai vue chanter et danser l'affreuse rengaine italienne *O Mari* avec des rythmes, des silences et une intensité d'expression qui faisaient de la pacotille italienne un dur serpent d'or dressé. Là, les interprètes trouvaient quelque chose de nouveau, sans rapport avec le modèle, en infusant leur science et un sang vivant à un corps vide de toute expression.

Tous les arts, et même tous les pays, sont susceptibles de *duende*, d'ange et de muse. L'Allemagne possède, sauf exceptions, la muse; l'Italie a l'ange, en permanence; mais l'Espagne est constamment animée par le *duende*, en tant que pays de musique et de danses millénaires, où le *duende* presse les citrons de l'aube, et en tant que pays de mort, pays ouvert à la mort.

Partout ailleurs, la mort est une fin. Elle arrive et l'on tire les rideaux. Pas en Espagne. En Espagne, on les ouvre. Bien des gens y vivent entre leurs quatre murs jusqu'au jour de leur mort. Ce jour-là, on les amène au soleil. Un mort en Espagne est plus vivant en tant que mort que nulle part au monde : son profil blesse comme le fil d'un rasoir. Les plaisanteries sur la mort et sa contemplation silencieuse sont coutumières aux Espagnols. Depuis *Le Songe des crânes* de Quevedo jusqu'à *L'Évêque en décomposition* de Valdés Leal, et depuis la Marbella du XVIIe siècle, morte en couches au milieu du chemin, qui dit :

Le sang de mes entrailles
recouvre ton cheval.
Ses sabots font jaillir
des flammes de goudron...

jusqu'à ce garçon de Salamanque, tué récemment par le taureau, qui clame :

Amis, voyez, je meurs ;
amis, je suis bien mal.
Trois mouchoirs dans ma plaie.
Voilà le quatrième...

il y a tout un balcon de fleurs de salpêtre où se penche un peuple de contemplateurs de la mort. Versets de Jérémie, du côté le plus âpre, cyprès embaumés, du côté le plus lyrique, chez nous, ce qu'il y a de plus important au monde prend, en définitive, une résonance métallique de mort.

Le couperet, la roue du char, le poignard, les barbes piquantes des bergers, la lune pelée, la mouche, les placards humides, les décombres, les saints couverts de dentelle, la chaux et la ligne tranchante des auvents et des balcons vitrés, tout se couvre, en Espagne, d'une frange d'herbe de mort, se charge d'allusions et de signes perceptibles à un esprit en éveil et nous préfigure la roideur de notre propre trépas. Ce n'est pas un hasard si tout l'art espagnol, comme la terre qui le porte, est plein de chardons et de pierres définitives, ce n'est point un exemple isolé que la lamentation de Pleberio ou les danses du maître Josef Maria de Valdivielso, ce n'est pas fortuitement que, sur toutes les ballades européennes, se détache cette figure de femme espagnole :

— Si tu es ma belle amie,
pourquoi ne me regardes-tu pas, dis?
— Les yeux qui te regardèrent,
à l'ombre je les donnai.
— Si tu es ma belle amie,
pourquoi ne me baises-tu pas, dis?
— Les lèvres qui te baisèrent,
à la terre je les ai offertes.
— Si tu es ma belle amie,
pourquoi ne m'embrasses-tu pas, dis?
— Les bras qui t'embrassèrent,
je les ai vêtus de vers.

Il n'est pas étonnant, non plus, qu'à l'aube de notre poésie lyrique résonne cette chanson :

Dedans le verger
je mourrai,
dans la roseraie
je serai tué.
Je m'en allai, mère,
les roses cueillir
et dans le verger
la mort me surprit.
Je m'en allai, mère,
les roses couper
et trouvai la mort
dans la roseraie.
Dedans le verger
je mourrai,
dans la roseraie
je serai tué.

Les têtes glacées par la lune que peignit Zurbaran, le jaune beurre et le jaune éclair du Greco, la relation du Père Siguenza, l'œuvre entier de Goya, l'abside de l'église de l'Escorial, toute la sculpture polychrome, la crypte de la maison ducale d'Osuna, la mort à la guitare de la chapelle des Benavente, à Medina de Rioseco, équivalent sur le plan artistique aux pèlerinages de San Andrés de Teixido où les morts ont leur place dans la procession, aux hymnes de défunts que chantent les femmes d'Asturie avec leurs flambeaux allumés dans la nuit de novembre, au chant et à la danse de la sibylle dans les cathédrales de Majorque et de Tolède, au sombre *In Recort* de Tortosa et aux innombrables rites du vendredi saint qui, avec la très savante fête des taureaux, consacrent le triomphe populaire de la mort espagnole. A cet égard, il n'y a guère au monde que le Mexique qui puisse donner la main à mon pays.

Lorsque la muse voit arriver la mort, elle ferme la porte, dresse une colonne ou promène une urne et trace une épitaphe d'une main de cire, mais elle retourne aussitôt déchirer son laurier dans un silence qui tremble entre deux brises. Sous l'arc tronqué de l'Ode, elle assemble avec un sentiment funèbre les fleurs exactes que peignirent les Italiens du XVe siècle et appelle le coq rassurant de Lucrèce pour qu'il effarouche les ombres imprévues.

Lorsqu'il voit arriver la mort, l'ange vole en cercles lents et tisse avec des larmes de glace et de narcisse l'élégie que nous avons vue frémir entre les mains de Keats, de Villasandino, d'Herrera, de Becquer et de Juan Ramon Jiménez. Mais quel effroi pour l'ange, s'il sent passer la plus fine araignée sur la délicate roseur de son pied!

En revanche, le *duende* refuse de se montrer s'il ne voit pas de possibilité de mort, s'il ne sait pas qu'il doit rôder autour de sa demeure, s'il n'a pas l'assurance de remuer ces ramures en nous qui sont, qui resteront, inconsolables.

Par l'idée, la voix, ou le geste, le *duende* se plaît à frôler le bord des puits, en lutte ouverte avec le créateur. La muse et l'ange s'enfuient avec leur violon ou leur compas, mais le *duende* blesse, et c'est dans la guérison de cette blessure qui ne se ferme jamais que réside l'insolite originalité d'une œuvre.

La vertu magique du poème tient à cette inspiration démoniaque qui lui permet de baptiser d'eau sombre tous ceux qui le lisent; car, avec le *duende*, il est plus facile d'aimer, de comprendre, on est *sûr* d'être aimé, d'être compris, et cette lutte pour l'expression et la communication de l'expression prend parfois, en poésie, un caractère mortel.

Souvenez-vous du cas de sainte Thérèse, la *flamenca* par excellence, la possédée du *duende*, *flamenca* non seulement pour avoir arrêté un taureau furieux et lui avoir fait trois passes magnifiques, pour s'être enorgueillie de sa beauté devant Frère Jean de la Misère, ou avoir donné un soufflet au nonce de Sa Sainteté, mais pour avoir été l'une des rares créatures que le *duende* (et non pas l'ange, car l'ange n'attaque pas) voulut tuer, en la transperçant de son dard, parce qu'elle lui avait ravi son ultime secret, le pont subtil qui relie les cinq sens à ce centre de chair à vif, de nuage à vif, de mer à vif, de l'Amour libéré du Temps.

Superbe triomphatrice du *duende*, à l'inverse de Philippe d'Autriche qui, anxieux de trouver la muse et l'ange dans la théologie, se vit prisonnier du *duende* des ardeurs froides dans cette œuvre de l'Escorial où la géométrie cerne le rêve et où le *duende* se met un masque de muse pour l'éternel châtiment du grand roi.

Nous avons dit que le *duende* aimait les blessures, le bord des gouffres, et qu'il hantait les lieux où les formes se fondent dans un élan qui dépasse leur expression visible.

En Espagne (comme chez les peuples d'Orient, où la danse est une expression religieuse), le *duende* exerce un pouvoir illimité sur le corps des danseuses de Cadix, vantées par Martial, sur la poitrine des chanteurs, loués par Juvénal, ainsi que sur la liturgie de la corrida, authentique drame religieux, où, de même qu'à la messe, on adore et on immole un dieu.

On dirait que tout le démonisme du monde classique se trouve rassemblé dans cette fête sans défaut où se manifeste la culture et la grande sensibilité d'un peuple et qui découvre en l'homme ses plus belles colères, ses plus belles rages et ses plus belles larmes. Car ni la danse espagnole ni la corrida ne sont des divertissements; le *duende* se charge d'y faire naître la souffrance au moyen du drame, à partir de formes vivantes, et prépare l'échelle par laquelle on s'évade de la réalité environnante.

Le *duende* opère sur le corps de la danseuse comme le vent sur le sable. Son pouvoir magique métamorphose une jeune fille en paralytique lunaire, donne une rougeur d'adolescent à un vieillard cassé qui mendie dans les tavernes, fait ruisseler d'une chevelure l'odeur d'un port nocturne et inspire sans cesse aux bras des attitudes qui sont les mères de la danse de tous les temps.

Impossible pour lui de se répéter — il importe de le souligner. Le *duende* ne se répète jamais, pas plus que ne se répètent les formes de la mer sous la bourrasque.

C'est dans la course de taureaux qu'il prend son aspect le plus impressionnant, car il doit alors lutter, d'un côté, contre la mort qui peut le détruire et, de l'autre, contre la géométrie, contre la mesure, base fondamentale de cette fête.

Le taureau a son orbite, le torero la sienne. Entre les deux orbites, le point de péril extrême de ce terrible jeu.

La muse peut guider la muleta; l'ange, les banderilles. Avec eux, on peut passer pour un bon torero; mais, dans le travail de la cape, face au taureau encore intact, et au moment de tuer, il faut le secours du *duende* pour mettre le doigt sur la vérité artistique.

Le torero qui effraie le public de l'arène par sa témérité ne torée pas : il se met dans la situation ridicule — à la portée du premier venu — de celui qui *joue sa vie*, tandis que le torero mordu par le *duende* donne à la foule une leçon de musique pythagoricienne et lui fait oublier qu'il expose à tout moment son cœur aux cornes.

Lagartijo avec son *duende* romain, Joselito avec son *duende* juif, Belmonte avec son *duende* baroque et Cagancho avec son *duende* gitan indiquent aux poètes, aux peintres et aux musiciens, dans le crépuscule rond du cirque, quatre grands chemins de la tradition espagnole.

L'Espagne est le seul pays au monde où la mort soit un spectacle national, où la mort embouche ses longs clairons à l'arrivée du printemps, et dont l'art soit toujours gouverné par un *duende* aigu qui lui confère son originalité et sa part d'invention.

Le *duende* qui emplit de sang pour la première fois dans la sculpture les joues des saints de maître Mathieu de Compostelle est aussi celui qui fait gémir saint Jean de la Croix ou brûler des nymphes nues dans les sonnets religieux de Lope.

Le *duende* qui élève la tour de Sahagun ou travaille les briques brûlantes de Calatayud et de Teruel est aussi celui qui déchire les nuages du Greco et envoie rouler à coups de pied les alguazils de Quevedo et les chimères de Goya.

Lorsqu'il pleut, il fait apparaître en secret un Vélasquez inspiré derrière ses gris royaux; lorsqu'il neige, il jette dehors Herrera nu pour démontrer que le froid ne tue pas; lorsque le soleil brûle, il plonge Berruguete dans ses flammes et lui fait inventer un nouvel espace pour sa sculpture.

La muse de Gongora et l'ange de Garcilaso doivent

lâcher leur guirlande de laurier au passage du *duende* de saint Jean de la Croix, lorsque

le cerf blessé
paraît sur la colline.

La muse de Gonzalo de Berceo et l'ange de l'archiprêtre de Hita doivent s'écarter devant Jorge Manrique lorsqu'il arrive, blessé à mort, aux portes du château de Belmonte. La muse de Gregorio Hernandez et l'ange de José de Mora doivent s'effacer devant le *duende* de Mena qui pleure des larmes de sang et celui à tête de taureau assyrien de Martinez Montañés, de même que la mélancolique muse de Catalogne et l'ange mouillé de Galice doivent contempler avec un amoureux émerveillement le *duende* de Castille, si éloigné du pain chaud et de la douce vache qui rumine des souvenirs de terres sèches et de ciels balayés de vent.

Le *duende* de Quevedo et le *duende* de Cervantès, l'un avec de vertes anémones de phosphore et l'autre avec des fleurs de gypse de Ruidera, couronnent le retable du *duende* de l'Espagne.

Chaque art possède, naturellement, un *duende* de forme et de genre distincts, mais tous rejoignent leurs racines en un point d'où jaillissent les sons noirs de Manuel Torrés, matière ultime et fond commun incontrôlable qui font vibrer le bois, les sons, la toile et les vocables, ces sons noirs derrière lesquels fraternisent en une tendre intimité les volcans, les fourmis, les zéphyrs et la grande nuit qui serre autour de sa taille la Voie lactée.

Mesdames et Messieurs, j'ai dressé trois arches et, d'une main maladroite, j'y ai placé la muse, l'ange et le *duende*.

La muse reste tranquille; elle peut garder sa tunique à petits plis, ses yeux de vache qui regardent Pompéi ou le quadruple nez que lui a peint son grand ami Picasso. L'ange peut agiter ses cheveux d'Antonello de Messine, sa tunique de Lippi et son violon de Masolino ou de Rousseau.

Mais le *duende*... Où est le *duende?* A travers l'arche vide souffle un vent spirituel qui balaie avec insistance les têtes des morts, en quête de nouveaux paysages et d'accents inouïs; un vent qui fleure la salive d'enfant, l'herbe broyée et le voile de Méduse, et qui annonce le perpétuel baptême des choses fraîchement créées.

IX

Appendice

Traduction
d'André Belamich.

LETTRE A JORGE GUILLEN (fragment)

14 février 1927.

... Je travaille en ce moment à une *Solitude* que j'ai commencée il y a pas mal de temps, tu le sais. C'est ce que j'enverrai pour l'hommage à Gongora... si je la réussis. En voici quelques vers. Dis-moi ce que tu en penses.

Solitude incertaine.

NUIT

La nuit, corolle close et veine occulte,
— trop tendre amande encor verte au toucher —
la nuit cueillie avant que d'être mûre
faisait frémir les feuilles et les âmes.
Sans bruit dans la rumeur vaste de l'onde,
se baignait le poisson sur le tremblant
ivoire lumineux que projetait
la corne adolescente de la lune.
Si le centaure chantait sur ces bords
un air exquis de galops et de flèches,
le cristal recueillait ses accents glauques

avec une douleur de tubéreuse.
Lyre dansée à la courbure feinte.
Cible fixée dans sa géométrie.
Les yeux du loup dormaient dans les ténèbres
comme innocents du sang de la brebis.
Sur l'autre bord, Philomèle chantait,
humidité de lierre et de jacinthes,
sa plainte ivre du Sud, vibrant plus haut
que la constante flûte des fontaines.
Cependant qu'au milieu du sombre effroi,
mélodieuse pour tromper sa crainte
montait l'inquiète voix du naufragé :

C'est un fragment. Je dois encore y travailler beaucoup. A moins que je ne le jette au panier. Il est si difficile de toucher juste!

Si tu veux, je peux t'envoyer quelque chose de plus personnel. Crois-moi. Je veux dire par là de plus *souple*.

Vois cet autre fragment :

Iris d'écume des milliers d'étoiles
s'inclinent jusqu'aux bords où cesse l'onde.
La mer tend son tambour de soie au souffle
de Zéphyr où le chant de Téthys flotte.
Brise sombre et cristal, ce sont des mots
que l'on entend : les poissons muets parlent.
Académie au cloître d'arc-en-ciel
dessous l'extase dense et pénétrante.
Arrive un pont barbare de dauphins
qui fait voler la vague en papillons,
collier de pleurs sur le satin des sables,
dentelle offerte aux montagnes sans bras.

*

Ma *Solitude* commence ainsi :

La lune froide tourne quand Vénus
d'un pied salé fait naître sur le sable
le blanc regard d'innocentes coquilles.
La nuit retient ses empreintes précises
en sandales d'écume et de phosphore,
tandis que le géant inanimé
vient effleurer son dos tiède sans nacre.

Le ciel exalte une entaille incertaine.
A voir sa chair muée en une chair
qui participe de l'étoile dure
et du mollusque aux émois sans limite.
. . . .
. . . .

N'est-ce pas que c'est une jolie allusion au mythe de Vénus ? Elle me plaît parce qu'elle est vraie. « Le mollusque aux émois sans limite. »

LETTRES A JORGE ZALAMEA
(fin 1928).

I

... Cette *Ode à Sesostris* te plaira, car elle relève de mon genre *furieux*. L'*Ode au sacrement* est presque terminée. Elle me semble d'une grande intensité. Peut-être le plus grand poème que j'aie fait.

La partie à quoi je travaille en ce moment (l'ensemble comptera plus de trois cents vers) s'appelle : « Démon, second ennemi de l'âme », c'est fort.

Profond jour aveuglant de matière crissante,
jour oblique de glaive et Mercure d'étoile,
vous annonciez le corps sans amour qui venait
à tous les coins de rue du Dimanche éclaté.

Forme de la beauté sans nostalgie ni rêve.
Rumeur de nudité folle d'être affranchie.
Moelle du temps présent, sécurité qui feint
de flotter sur les eaux avec un torse en marbre.

O corps de la beauté qui palpite et s'échappe.
Tendresse d'ombilic, rien qu'un instant de veines.

Amour en chambre close et baisers limités,
dans la constante peur de la lampe finale.

Lumineux orient de la main qui caresse.
Homme-ouragan de boucles et de coquillages;
incendie pour la chair sensible qui s'y brûle,
nickel pour le sanglot qui s'envole vers Dieu.

Je trouve que ce « Démon » mérite bien son nom. Cette partie se fait sans cesse plus obscure, plus métaphysique, jusqu'au moment final où surgit la beauté infiniment cruelle de l'ennemi, beauté qui blesse, ennemie de l'amour.

2

... Je suis plongé dans mon *Ode au saint sacrement de l'Autel.* Nous verrons ce que ça donne. Elle est très difficile. Mais ma foi en viendra à bout.

Sous l'aile du dragon il y a un enfant.
Et des poulains de sang dans la lune qui crisse.
La licorne voulait ce que la rose oublie.
Et l'oiseau désirait ce que les eaux défendent.

Toi seul, ô sacrement, lumière en équilibre,
tu peux calmer l'angoisse de l'amour sans chaînes.
Toi seul, ô sacrement, manomètre qui sauve
les cœurs bolides lancés à cinq cents à l'heure [1].

J'aime beaucoup le vers : « La licorne voulait ce que la rose oublie. » Il a le charme poétique indéfini d'une conversation effacée.

1. Ce fragment se retrouve, avec quelques variantes, dans le texte publié ici-même page 34. *(N. d. T.).*

CRUCIFIXION

La lune put s'arrêter enfin sur la courbe infiniment
[blanche des chevaux.
Un rayon de lumière violette qui s'échappait de la
[blessure
projeta dans le ciel l'instant de la circoncision d'un enfant
[mort.

Le sang descendait le long de la montagne et les anges
[le cherchaient,
mais les calices étaient de vent et finissaient par emplir
[les souliers.
Des chiens boiteux fumaient leur pipe et une odeur de
[cuir chaud
rendaient grises les lèvres rondes de ceux qui vomissaient
[aux coins des rues.
Du fond du Sud venaient de longs hurlements dans la
[nuit sèche.
C'était la lune qui brûlait avec ses bougies le phallus
[des chevaux.
Un tailleur spécialisé dans la pourpre
avait enfermé les trois saintes femmes
et leur montrait un crâne aux carreaux de la fenêtre.

Et les trois femmes dans le faubourg entouraient un
[chameau blanc
qui pleurait parce que l'aube
devait irrémédiablement passer par le trou d'une aiguille.
O croix! O clous! O épine!
O épine dans l'os enfoncée jusqu'à ce que se rouillent
[les planètes!
Comme nul ne tournait la tête, le ciel put se mettre nu.
C'est alors qu'on entendit la grande voix et que les
[pharisiens dirent :
Cette maudite vache a les mamelles pleines de lait.
La foule fermait les portes
et la pluie tombait dans les rues décidée à tremper
[jusqu'au cœur
tandis que la soirée trouble s'emplissait de bûcherons et
[de palpitations
et que l'obscure cité agonisait sous le marteau des
[charpentiers.
Cette maudite vache
a les mamelles pleines de plombs,
dirent les pharisiens.
Mais le sang mouilla leurs pieds et les esprits immondes
fracassaient des ampoules d'eau stagnante contre les
[murs du temple.
On connut le moment précis du salut de notre vie.
Car la lune se mit à laver
les brûlures des chevaux
et non l'enfant vivante que l'on dissimula dans le sable.
C'est alors que sortirent les froids fredonnant leur
[chanson
et que les grenouilles firent briller leurs lumières à la
[double rive du fleuve.
Cette maudite vache, maudite, maudite, maudite,

ne nous laissera pas dormir, dirent les pharisiens,
et ils s'en furent à leurs foyers dans le tumulte de la rue
bousculant les ivrognes et crachant le sel des sacrifices
cependant que le sang les suivait avec un bêlement
[d'agneau.
Ce fut alors
et la terre s'éveilla en lançant de tremblants ruisseaux
[de mites.

TERRE ET LUNE

Je reste avec le petit homme transparent
qui mange les œufs de l'hirondelle.
Je reste avec l'enfant nu
que piétinent les ivrognes de Brooklyn,
avec les nouveau-nés muets qui passent sous les arcs.
Avec le ruisseau de veines avide d'ouvrir leurs menottes.

Rien que la terre. La terre.
La terre pour les nappes frissonnantes,
pour le regard vicieux du nuage,
pour les blessures fraîches et la pensée humide.
La terre pour tout ce qui fuit la terre.

Ce n'est point la cendre en suspens des choses calcinées,
ce ne sont point les morts qui remuent leur langue sous
[les arbres.
C'est la terre toute nue qui bêle dans le ciel
et laisse derrière elle la troupe légère des baleines.

C'est la terre si joyeuse, l'imperturbable nageuse,
que je trouve dans l'enfant et dans les petits êtres qui
[passent sous les arcs.
Vive la terre de mon sang qui bat et du bal des fougères
et qui laisse parfois dans l'air un dur profil de Pharaon!

Je reste avec la femme froide
là où se brûlent les mousses innocentes,
je reste avec les ivrognes de Brooklyn
qui piétinent l'enfant nu;
je reste avec les signes arrachés
au lent repas des ours.
Mais c'est alors que la lune échevelée descend les
[marches
faisant des villes de toile cirée céleste et de talc sensible,
emplissant les pieds de marbre, la plaine sans détours,
et oubliant, sous les chaises, l'ouate d'un frêle éclat de
[rire.
O Diane, Diane, Diane vide!
Convexe résonance où l'abeille s'affole.
Mon amour de passage, trépas, longue mort savourée,
jamais ta peau intacte, nudité que je fuis.

C'est la terre, mon Dieu! la terre que je cherche,
le pli de l'horizon : pulsation, sépulture.
La douleur qui s'achève, l'amour qui se consume,
la tour de sang ouverte avec des mains brûlées.

Mais la lune montait et descendait les marches,
distribuant aux yeux des lentilles exsangues,
battant de son balai d'argent les enfants des jetées,
abolissant ma forme aux limites de l'air.

PETIT POÈME INFINI

Pour Luis Cardoza y Aragon

Se tromper de chemin
c'est rejoindre la neige
et rejoindre la neige
c'est paître durant vingt siècles les herbes des cimetières.

Se tromper de chemin
c'est rejoindre la femme,
la femme qui ne craint pas le jour,
la femme qui tue deux coqs en une seconde,
le jour qui ne craint pas les coqs
et les coqs qui ne savent chanter sur la neige.

Mais si la neige se trompe de cœur
elle peut rejoindre les vents du sud
et comme la rafale n'écoute pas les gémissements
il nous faudra encore une fois paître l'herbe des
[cimetières.

J'ai vu deux douloureux épis de cire
qui enterraient un paysage de volcans
et j'ai vu deux enfants fous qui repoussaient en larmes
[les prunelles d'un assassin.

Mais le deux n'a jamais été un chiffre
car c'est une angoisse et son ombre,
car c'est la guitare où l'amour se désespère,
car c'est la démonstration d'un autre infini qui n'est
[point le sien.
C'est la muraille du mort
et le châtiment de la nouvelle résurrection sans fin.
Les morts haïssent le chiffre deux,
mais le chiffre deux endort les femmes
et comme la femme craint le jour
que le jour tremble devant les coqs
et que les coqs ne savent voler que sur la neige
il nous faudra paître sans relâche les herbes des
[cimetières.

LUNE ET PANORAMA DES INSECTES

(Le poète demande secours à la Vierge.)

Je demande à la divine Mère de Dieu
Reine céleste du monde créé
de me donner la pure lumière des bestioles
qui n'ont qu'une lettre à leur vocabulaire,
animaux sans âme, simples formes
loin de la méprisable sagesse du chat,
loin de la profondeur fictive des hiboux,
loin du savoir sculptural des chevaux,
créatures qui aiment sans yeux
avec le seul sentiment d'un infini ondulé
et qui s'assemblent en grands tas
pour être dévorées des oiseaux.

Je demande la seule dimension
que connaissent les petits animaux tout plats,
pour ne pas fouler ces choses couvertes de terre
sous la dure innocence du soulier.
Nul ne pleure faute de les comprendre
les myriades de morts muettes dont se compose le
cette foule chinoise d'oignons décapités [marché
et ce grand soleil jaune de vieux poissons écrasés.
Mais toi, Mère toujours terrible, Baleine de tous les
[cieux,
toi, l'éternelle Joueuse, la Voisine au persil empoisonné,
tu sais que je comprends la chair infime du monde.

CHANSON DE LA MORT PETITE

Prairie mortelle de lunes
sans souterrain.
Prairie de sang vieilli.

Lumière d'hier et de demain.
Ciel mortel d'herbe.
Lumière et nuit de sable.

J'ai rencontré la mort.
Prairie mortelle de terre.
Une mort petite.

Le chien sur la terrasse.
Seule ma main gauche
traversait sans fin des montagnes
de fleurs sèches.

Cathédrale de cendre.
Lumière et nuit de sable.
Une mort petite.

Une mort et moi un homme.
Un homme seul et elle
une mort petite.

Prairie mortelle de lunes.
La neige tremble et gémit
de l'autre côté de la porte.

Un homme, et quoi ? Je l'ai dit.
Un homme seul et elle.
Prairie, amour, lumière et sable.

OMÉGA

(Poème pour les morts.)

Les herbes.
Je me couperai la main droite.
Attends.
Les herbes.

J'ai un gant de mercure, un autre en soie.
Attends.
Les herbes!
Pas de sanglots. Silence, on va nous entendre.
Attends.
Les herbes!
Les statues s'écroulent
tandis que s'ouvre la grande porte.
Les heeerbes!!!

LA VIE ET L'ŒUVRE DE F. GARCIA LORCA.

Federico Garcia Lorca naît le 5 juin 1898 à Fuente Vaqueros, près de Grenade. Famille de vieille souche andalouse, aisée, libérale et cultivée. « Toute mon enfance est villageoise, dira plus tard le poète : bergers, campagne, ciel, solitude. » De santé délicate, le petit Federico observe les gens autour de lui, les imite, joue aux marionnettes.

1909. Installation définitive de la famille à Grenade. Études secondaires fantaisistes. Bachelier en 1914, fait du droit, pour obéir à son père, des lettres et surtout de la musique à laquelle il se destine (piano et composition).

1916. « Excursions artistiques », avec quelques condisciples, qui lui révèlent les villes de l'Andalousie (à Baeza, il rencontre Antonio Machado, professeur de français au lycée de cette ville) et surtout la Castille.

1917. Ses parents lui interdisant de poursuivre à Paris ses études musicales, il bifurque vers la littérature.

1918. Impressions et paysages, inspiré par ses « excursions artistiques » paraît à Grenade. Il écrit les premières pièces du Livre de Poèmes.

1919. Printemps. Sur les conseils de Fernando de los Rios, célèbre théoricien du socialisme, professeur de Droit politique à la Faculté de Grenade, mentor et ami du jeune poète, il s'installe à la Résidence des Étudiants de Madrid, largement ouverte aux idées et aux esthétiques nouvelles. Il y rencontre en particulier Buñuel, Dali, Jorge Guillen, Rafael Alberti, Pedro Salinas. Son esprit, son art de dire ses vers, son talent de ianiste éblouissent déjà.

1920. Un échec théâtral gaiement accepté : Le Maléfice de la phalène ne tient l'affiche qu'un soir.

1921. Publication du Livre de Poèmes, *de deux « suites » :* Le Jardin des filles brunes *et la* Suite des miroirs. *Presque tous les poèmes datés du futur* Poème du cante jondo *sont de novembre 1921.*

1922. Organise avec Manuel de Falla, installé depuis deux ans à Grenade, la Fête du Cante Jondo, qui a lieu en juin sur la grande esplanade de l'Alhambra.

1923. Mariana Pineda, l'héroïne républicaine de Grenade dont il chantait, tout enfant, la complainte, lui inspire la première version du drame romantique qui portera son nom.

1924. Achève la composition des Chansons, *se met à celle du* Romancero gitan.

1925. 8 janvier, termine la troisième version, la seule connue à ce jour, de Mariana Pineda.

1926. Entreprend la construction de vastes poèmes « cubistes » : l'« Ode à Salvador Dali », « La Sirène et le Carabinier ».

Février. Prononce sa conférence sur Gongora à Grenade.

Été-automne : première version de La Savetière prodigieuse.

1927. Édition des Chansons, *en mai.*

24 juin, création de Mariana Pineda *à Barcelone, par Margarita Xirgu.*

1928. Mars. Lancement retentissant à Grenade de la revue Gallo *(le coq) dirigée par Lorca, avec la collaboration de Dali, Falla, etc.*

Juillet : le Premier romancero gitan *obtient un succès foudroyant.*

Octobre. Conférence : Imagination, inspiration et évasion, *à Grenade.*

Décembre. Madrid, conférence sur les berceuses.

Le 15 décembre, au cours d'une interview, annonce comme terminés Les Amours de don Perlimplin *et* Le Guignol au gourdin.

1929. Fin juin, décide d'accompagner son ancien maître, Fernando de los Rios, à New York. S'installera, comme étudiant, à Columbia University. Découvre la ville nouvelle, fréquente Harlem. Sa belle vitalité le sauve d'une angoisse mortelle. Écrit fiévreusement poésie et théâtre.

1930. Séjour à Cuba. Donne, entre autres, une conférence intitulée : Théorie et jeu du duende. *Retour en Espagne, en juin ou juillet.*

1931. 14 avril, la République est proclamée.

Mai. Publication du Poème du cante jondo.

Été. Achève à Grenade Le Jeu de don Cristobal *et* Lorsque cinq ans seront passés.

Octobre. Projet d'un théâtre populaire et ambulant, la future Barraca.

1932. Conférences à travers toute l'Espagne.

10 juillet, démarrage de « la Barraca » (intermèdes de Cervantès).

Été. Il écrit Noces de sang.

1933. 8 mars : création triomphale de Noces de sang.

30 juin. A Valence, « la Barraca » donne une version abrégée de Font-aux-cabres *(Fuente Ovejuna) de Lope de Vega, qui en accentue le caractère révolutionnaire.*

Septembre. Noces de sang *remporte un tel succès à Buenos Aires que le dramaturge décide de s'y rendre (octobre 1933 jusqu'à mars 1934). La capitale argentine fait un triomphe à Lorca.*

1934. Au retour en Espagne, il trouve le climat politique assombri. Une coalition de droite gouverne le pays et réprime férocement la révolution des mineurs des Asturies.

Juillet. Yerma *achevée.*

Novembre. Chant funèbre pour Ignacio Sanchez Mejias.

Fin décembre. Création de Yerma.

1935. Juin. Doña Rosita *terminée.*

Septembre-décembre. Séjour triomphal à Barcelone : Noces de sang, Doña Rosita *(création),* Yerma, *conférences, lectures de poèmes.*

1936. Il annonce, en avril, dans une interview, son projet de poser au théâtre des problèmes sociaux, dans une optique socialiste.

Juin. Il dirige les répétitions de Lorsque cinq ans seront *passés.*

Le 19 juin, il met le point final à La Maison de Bernarda Alba.

Deux mois plus tard, jour pour jour, il est fusillé à l'aube par les franquistes, dans la région de Grenade, entre Viznar et Alfacar.

*

Éditions espagnoles.

Guillermo de Torre a eu le grand mérite, en pleine guerre civile espagnole, de rassembler à Buenos Aires tous les textes disponibles de Lorca. 7 volumes (1938-1942), suivis d'un huitième (La casa de Bernarda Alba) *1946. Losada.*

En attendant l'édition critique que prépare le frère du poète, Francisco Garcia Lorca, celle qui fait autorité : Obras completas, *Aguilar, Madrid, (1re édition, 1954; 4e, fortement augmentée, 1960) est due à Arturo del Hoyo.*

*

Tous les poèmes rassemblés dans ce troisième volume ont été composés entre 1926 et 1936.

L' « Ode à Salvator Dali », « la Sirène et le Carabinier », « l'Ode au saint Sacrement », « Solitude », « Suicide en Alexandrie » ont été publiés respectivement en 1926, 1927 et 1928 dans diverses revues. « La décollation de saint Jean-Baptiste » a été écrite en 1928.

*

Poète à New York, *daté par l'auteur de 1929-1930, n'a été publié en volume qu'après sa mort, à Mexico, en 1940.*

Il faut rattacher à ce recueil, que le poète prévoyait beaucoup plus ample, les six derniers poèmes de ce volume, placés en appendice. (« Crucifixion » est daté du 18 octobre 1929, New York; « Petit poème infini » du 10 janvier 1930, New York; les autres sont manifestement de la même époque.)

*

Six poèmes galiciens, *écrits en 1931, en galicien, publiés en 1935 à Saint-Jacques-de-Compostelle.*

*

Chant funèbre pour Ignacio Sanchez Mejias *a été écrit en novembre 1934.*

*

Certains des poèmes de Divan du Tamarit *ont paru en revue (1934, 1935, 1936), le livre en 1940.*

*

L' « Épitaphe pour Isaac Albeniz » a été lue par le poète le 14 décembre 1935.

Les quatre derniers sonnets publiés ici font peut-être partie de la série annoncée sous le titre de Sonnets de l'amour obscur *par l'auteur dans les dernières années de sa vie.*

*

« L'image poétique de Gongora », conférence, a été prononcée en février 1926.

« Théorie et jeu du duende ». On sait que cette conférence a été prononcée à Cuba en 1930.

ODES

CHOIX DE POÈMES EN PROSE

LE POÈTE A NEW YORK

SIX POÈMES GALICIENS

CHANT FUNÈBRE POUR IGNACIO SANCHEZ MEJIAS

DIVAN DU TAMARIT

SONNETS ET DERNIERS POÈMES

DEUX CONFÉRENCES

APPENDICE

DU MÊME AUTEUR

dans la même collection

POÉSIES I : Livre de poèmes, Mon village, *extraits* d'Impressions et paysages. *Traduction d'André Belamich et Claude Couffon.*

POÉSIES II : Chansons, Poème du cante jondo, Romancero gitan. *Préface de Jean Cassou. Traduction d'André Belamich, Pierre Darmangeat, Jules Supervielle et Jean Prévost.*

POÉSIES IV : Suites. Sonnets de l'amour obscur. *Préface et traduction d'André Belamich.*

DERNIÈRES PARUTIONS

175.	Édouard Glissant	*Le sel noir.*
176.	Jean Cocteau	*Vocabulaire. Plain-Chant.*
177.	Claude Roy	*Sais-tu si nous sommes encore loin de la mer ?*
178.	Marceline Desbordes-Valmore	*Poésies.*
179.	Jean Follain	*Usage du temps.*
180.	Marie Noël	*Les Chansons et les Heures.*
181.	Maurice Maeterlinck	*Serres chaudes. Quinze Chansons. La Princesse Maleine.*
182.	Pablo Neruda	*Chant général.*
183.	Maurice de Guérin	*Poésie.*
184.	André Frénaud	*La Sorcière de Rome.*
185.	Federico García Lorca	*Suites. Sonnets de l'amour obscur.*
186.	Maurice Scève	*Délie.*
187.	Georges-Emmanuel Clancier	*Le paysan céleste.*
188.	Victor Hugo	*La Fin de Satan.*
189.	Goethe	*Le Divan.*
190.	Marguerite Yourcenar	*La Couronne et la Lyre.*
191.	***	*Anthologie de la poésie française du* XIX*e* *siècle,* I.
192.	Paul Claudel	*Art Poétique.*

193. Philippe Soupault — *Georgia. Épitaphes. Chansons.*
194. Victor Hugo — *L'Année terrible.*
195. Nicolas Boileau — *Satires. Épîtres. Art poétique.*
196. Jorge Luis Borges — *Œuvre poétique, 1925-1965.*
197. Alain Bosquet — *Poèmes, un.*
198. Pierre de Ronsard — *Les Quatre Saisons.*
199. André Frénaud — *La Sainte Face.*
200. Guillevic — *Du domaine.*
201. Henri Michaux — *Plume.*
202. Charles Leconte de Lisle — *Poèmes barbares.*
203. Victor Segalen — *Odes. Thibet.*
204. Charles Péguy — *Le Porche du mystère de la deuxième vertu.*
205. Michel Deguy — *Poèmes II (1970-1980).*
206. André Salmon — *Carreaux.*
207. Robert Mallet — *Quand le miroir s'étonne.*
208. André Gide — *Les Cahiers et les Poésies d'André Walter.*
209. Rutebeuf — *Poèmes de l'infortune.*
210. Henri Michaux — *Ailleurs (Voyage en Grande Garabagne. Au pays de la Magie. Ici, Poddema).*
211. Jean Tardieu — *L'accent grave et l'accent aigu.*
212. Jean-Paul de Dadelsen — *Jonas.*
213. Clément Marot — *L'Adolescence clémentine.*
214. Fernando Pessoa — *Le Gardeur de troupeaux* et les autres poèmes d'Alberto Caeiro avec *Poésies d'Alvaro de Campos.*
215. Georges Ribemont-Dessaignes — *Ecce Homo.*
216. *** — *Anthologie de la poésie française du XVIIe siècle.*
217. Henri Michaux — *La nuit remue.*
218. Virgile — *Géorgiques.*
219. Jules Supervielle — *La Fable du monde. Oublieuse mémoire.*

220.	André Frénaud	*Les Rois mages.*
221.	Jacques Réda	*Amen. Récitatif. La tourne.*
222.	Daniel Boulanger	*Retouches.*
223.	Alain Bosquet	*Un jour après la vie.*
224.	Henri Michaux	*Connaissance par les gouffres.*
225.	Boris Pasternak	*Ma sœur la vie* et autres poèmes.
226.	Georges Perros	*Une vie ordinaire.*
227.	Jacques Roubaud	*ε.*
228.	Henri Michaux	*Épreuves, exorcismes.*
229.	Georges Séféris	*Poèmes,* suivi de *Trois poèmes secrets.*
230.	Pierre Reverdy	*Plupart du temps.*
231.	***	*Chansonnier révolutionnaire.*
232.	***	*Anthologie de la poésie lyrique française des* XIIe *et* XIIIe *siècles.*
233.	Daniel Boulanger	*Tchadiennes.*
234.	René Char	*Éloge d'une Soupçonnée.*
235.	Henri Michaux	*La vie dans les plis.*
236.	Robert Sabatier	*Les châteaux de millions d'années.*
237.	Norge	*Poésies 1923-1988.*
238.	Octavio Paz	*Le feu de chaque jour.*
239.	Claude Roy	*À la lisière du temps.*
240.	Edmond Jabès	*Le Seuil Le Sable.*
241.	Pierre Louÿs	*Les Chansons de Bilitis.*
242.	Miguel Angel Asturias	*Poèmes indiens.*
243.	Georg Trakl	*Crépuscule et déclin.*
244.	Henri Michaux	*Misérable miracle.*
245.	Eugène Guillevic	*Étier* suivi de *Autres.*
246.	Adonis	*Mémoire du vent.*
247.	Max Jacob	*Poèmes de Morven le Gaëlique.*
248.	Dylan Thomas	*Vision et Prière.*
249.	***	*Chansons françaises de la Renaissance.*
250.	Eugenio Montale	*Poèmes choisis (1916-1980).*
251.	Herman Melville	*Poèmes de guerre.*

252.	André du Bouchet	*Dans la chaleur vacante.*
253.	Gaspara Stampa	*Poèmes.*
254.	Daniel Boulanger	*Intailles.*
255.	Martial	*Épigrammes.*
256.	Michel-Ange	*Poèmes.*
257.	John Donne	*Poèmes.*
258.	Henri Michaux	*Face aux verrous.*
259.	William Faulkner	*Le Faune de marbre. Un rameau vert.*
260.	Walt Whitman	*Poèmes.*
261.	Stéphane Mallarmé	*Poésies.*
262.	Yves Bonnefoy	*Rue Traversière.*
263.	***	*Anthologie de la poésie française du* XIX*e* *siècle,* II.
264.	Hugo von Hofmannsthal	*Lettre de Lord Chandos.*
265.	Paul Valéry	*Ego scriptor.*
266.	Goethe	*Élégie de Marienbad.*
267.	Lorand Gaspar	*Égée. Judée.*
268.	Jacques Réda	*Les Ruines de Paris.*
269.	Jude Stéfan	*À la Vieille Parque.*
270.	Rainer Maria Rilke	*Lettres à un jeune poète.*
271.	Pierre Torreilles	*Denudare.*
272.	Friedrich Hölderlin	*Odes. Élégies. Hymnes.*
273.	W.B. Yeats	*Quarante-cinq poèmes.*
274.	Bernard Noël	*La Chute des temps.*
275.	***	*Anthologie de la poésie russe.*
276.	André Chénier	*Poésies.*
277.	Philippe Jaccottet	*À la lumière d'hiver.*
278.	Daniel Boulanger	*Hôtel de l'image.*
279.	Charles Leconte de Lisle	*Poèmes antiques.*
280.	Alexandre Pouchkine	*Poésies.*
281.	Elizabeth Browning	*Sonnets portugais.*
282.	Henri Michaux	*L'infini turbulent.*
283.	Rainer Maria Rilke	*Élégies de Duino. Sonnets à Orphée.*
284.	Maurice Blanchard	*Les Barricades mystérieuses.*
285.	Omar Khayam	*Rubayat.*

286.	Agrippa d'Aubigné	*Les Tragiques.*
287.	Jean Cassou	*Trente-trois sonnets composés au secret.*
288.	***	*La planche de vivre.*
289.	Pierre Jean Jouve	*Dans les années profondes.*
290.	John Milton	*Le Paradis perdu.*
291.	Pablo Neruda	*La Centaine d'amour.*
292.	Yves Bonnefoy	*Ce qui fut sans lumière.*
293.	Pier Paolo Pasolini	*Poèmes de jeunesse et quelques autres.*
294.	Jacques Audiberti	*Ange aux entrailles.*
295.	Henri Pichette	*Apoèmes.*
296.	Stéphane Mallarmé	*Vers de circonstance.*
297.	John Keats	*Poèmes et poésies.*
298.	Paul Claudel	*Cent phrases pour éventails.*
299.	Louis Calaferte	*Rag-time.*
300.	André Breton	*Poisson soluble.*
301.	David Herbert Lawrence	*Poèmes.*
302.	***	*Les Poètes du Chat Noir.*

Ce volume,
le trentième de la collection Poésie,
a été achevé d'imprimer sur les presses
de l'imprimerie Bussière à Saint-Amand (Cher),
le 2 août 1996.
Dépôt légal : août 1996.
1er dépôt légal dans la collection : février 1968.
Numéro d'imprimeur : 1556.
ISBN 2-07-030172-9./Imprimé en France.

78199